CHRONOLOGIE DE la Rome antique

Du même auteur

Les Délateurs sous l'Empire romain
École française de Rome, 2002

Le Cachot et les Fers
Détention et coercition à Rome
Belin, 2004

Yann
Rivière

CHRONOLOGIE DE la Rome antique

Points Histoire

ISBN 978-2-7578-0504-6

L'histoire – contrairement à ce que croit l'opinion – n'enregistre pas des événements. Elle enregistre seulement les échos des événements, ce qui est fort différent ; et, pour ce faire, elle s'appuie sur l'imagination tout autant que sur la mémoire.

Simon Leys, *Le Bonheur des petits poissons*

INTRODUCTION

Calendriers

C'est dans un souci d'ordre et sous l'inspiration de l'astronomie alexandrine que Jules César réforma le calendrier utilisé depuis des siècles par les Romains. En effet, « depuis longtemps, par la faute des pontifes qui abusaient des jours intercalaires, s'était introduit un tel désordre que les fêtes des moissons ne tombaient plus en été ni celles des vendanges en automne » (Suétone, *Vie de Jules César*, XL, 1). En datant aujourd'hui cette entreprise de 46 av. J.-C., nous la replaçons dans un partage du temps, l'ère chrétienne, apparu des siècles plus tard. Nous sommes également directement redevables de l'innovation qui fut alors introduite par César, puisque le calendrier julien (légèrement corrigé par le pape Grégoire XIII en 1582) est à la base du calcul des années et des mois selon le cycle solaire que nous utilisons encore : l'année compte 365 jours et débute le 1er janvier, tandis qu'un jour intercalaire (le 29 février) est ajouté tous les quatre ans. C'est à ce même calendrier julien que l'érudition moderne reporte toutes les dates de l'Antiquité, y compris celles antérieures à la réforme césarienne.

Et pourtant, les Romains disposaient d'une autre forme de calcul du temps. Sans doute avaient-ils très anciennement connu un calendrier lunaire (attribué à Romulus), mais un système mixte soli-lunaire s'était vite imposé, dès le règne de Numa Pompilius, si l'on en croit la tradition. L'année débutait en mars, au moment de la reprise de l'activité agricole et guerrière et comptait douze mois inégaux, auxquels il fallait ajouter un mois intercalaire (le *mercedonius*) tous les deux ans, pour faire en sorte que l'année civile concorde avec les saisons. Or, à partir de la deuxième guerre punique (218-201 av. J.-C.) au plus tard, le calendrier a été manipulé arbitrairement par les pontifes, le collège de prêtres auquel incombait l'intercalation. Une équivalence astronomique témoigne de ce décalage entre le calendrier civil et le calendrier naturel : l'éclipse solaire que les astronomes placent le 14 mars 190 av. J.-C. est datée du 11 juillet, selon le calendrier romain. Entre 140 et 70 av. J.-C., la correspondance fut rétablie, semble-t-il, la récolte des céréales advenant alors normalement à la fin du mois de mai, celle des olives à la fin novembre, comme en témoigne le *De Agricultura* de Caton. La situation se détériora de nouveau par la suite jusqu'à la réforme de César, définitivement appliquée sous Auguste, à partir de 8 av. J.-C. Deux siècles plus tard, bien des régions conservaient des traditions locales (certaines cités maintenaient leur premier jour de l'an ou des noms de mois particuliers), mais le calendrier julien s'était déjà répandu sur toutes les rives de la Méditerranée et au-delà, contribuant à l'universalisation de la construction du temps dans le monde romain.

Annales, histoire

Si les pontifes jouèrent un rôle majeur dans l'élaboration du calendrier, la chronique annuelle publiée par ces prêtres contribua également à l'émergence de la forme la plus ancienne de l'historiographie romaine, que l'on appelle, suivant une désignation moderne, l'annalistique. Apparue à l'extrême fin du IIIe siècle – son plus ancien représentant est Fabius Pictor –, elle s'épanouit jusqu'à l'époque de César et Salluste. Or l'activité des pontifes (ou du premier d'entre eux seulement, le *pontifex maximus*) peut être considérée comme la matrice de ce type de chronique : ceux-ci devaient publier chaque année sur un tableau blanchi (la *tabula dealbata*), sous le nom des consuls et des autres magistrats de l'année, jour après jour, « les événements dignes de mémoire survenus en territoire civil ou militaire, sur terre et sur mer ». Ces listes, qui revêtaient avant tout une valeur religieuse (rappeler les circonstances dans lesquelles la paix avec les dieux était rompue ou rétablie), étaient ensuite archivées, en même temps peut-être qu'un récit plus complet des événements de l'année, le *liber annalis*. Dans le siècle qui suivit l'abolition de cette pratique d'affichage, en 133 av. J.-C., le contenu des archives fut publié en quatre-vingts livres.

Fondée sur ces listes, l'annalistique puisait également dans la tradition orale qui conservait les faits d'un passé ancien. C'est en cela également que les annales se distinguaient, aux yeux des Romains, de l'histoire : « Alors qu'elles sont l'une et les autres le récit d'événements (*rerum gestarum narratio*), l'histoire l'est proprement d'événements auxquels participa l'auteur de la narration… » (Aulu-Gelle, V, 18, 1).

La sécheresse de tels récits, les inventions délibérées de leurs auteurs, leur effort pour glorifier les ancêtres de leur famille, furent critiqués par les générations suivantes d'historiens romains pour lesquels, désormais, écrire l'histoire devait viser l'édification du lecteur et renforcer le sens de l'État : « Les livres d'annales ne peuvent en rien rendre plus ardent à défendre la République, ni plus lent à faire le mal », proclamait Sempronius Asellius à la fin du IIe siècle av. J.-C. « Écrire sous quel consul une guerre a pris naissance, sous lequel elle a pris fin, qui a remporté le triomphe, sans indiquer dans le livre ce qui a été fait au cours de la guerre, les décrets pris par le sénat pendant cette période ou les lois et propositions de lois votées et reprendre les desseins dans lesquels ce fut fait, c'est raconter des fables aux enfants et non pas écrire l'histoire. »

L'œuvre de Tite-Live qui constitue, avec Denys d'Halicarnasse, l'une de nos principales sources des premiers siècles de Rome (elle se poursuivait jusqu'à la fin de la période républicaine) témoigne d'une évolution de l'historiographie romaine, marquée à la fois par une élaboration littéraire et un effort de véracité. L'auteur puise néanmoins ses connaissances dans les auteurs d'annales qu'il cite à plusieurs reprises et se conforme au modèle de mise en ordre annuelle des événements. Chaque année est identifiée par le nom des magistrats en charge. D'autres repères chronologiques s'y ajoutent parfois, tels le décompte des années écoulées depuis la fondation de Rome ou l'intervalle de temps séparant deux événements majeurs. On lira par exemple chez Tite-Live (VII, 18), pour l'année correspondant à 355 av. J.-C. du calendrier julien : « Quatre cents ans après la fondation de Rome, il y avait trente-cinq ans que Rome s'était libérée de l'occupation gauloise, onze ans que la plèbe avait ravi aux patriciens un poste de consul. La ville d'Empulum fut prise cette année-là aux Tiburtins après un combat sans grand retentissement. »

Le décompte des années écoulées depuis la fondation de Rome (*ab Urbe condita*) intervient ponctuellement chez Tite-Live, mais il ne sera employé systématiquement qu'à la fin de l'Antiquité par Orose dont l'œuvre fut largement diffusée au Moyen Âge et connaîtra un succès plus grand encore à l'époque moderne. Le caractère artificiel de ce calcul sera souligné plus bas, de même que l'impossibilité évidente de dater les événements légendaires de l'époque royale (753-509). L'historiographie moderne se heurte également à plusieurs difficultés pour dater précisément les événements des Ve et IVe siècles.

En premier lieu, le récit des premiers temps de la République ne s'est pas totalement détaché de la légende. Que l'on pense par exemple aux épisodes de la guerre entre Rome et Véies, une guerre de dix ans (entre 406 et 396), inspirée du modèle de la guerre de Troie, ou encore au récit de l'invasion gauloise de 390, selon lequel la ville aurait été sauvée de justesse grâce aux oies du Capitole. Le caractère dramatique de l'occupation et de la destruction de la Ville par les troupes de Brennus a très certainement été exagéré et s'inscrit dans l'achèvement de l'un de ces cycles de l'histoire de la Ville, tels que les construisait la tradition antique. L'épisode a trop souvent servi d'alibi à l'hypercriticisme, la destruction des archives alors advenue ayant soi-disant anéanti la mémoire exacte des événements antérieurs. Or les recherches archéologiques ne sont jamais parvenues à identifier dans le sol romain une couche d'incendie pour cette époque. Ainsi, l'invasion gauloise pourrait être considérée comme le « dernier épisode de l'histoire de la cité qui ait donné lieu à une telle élaboration légendaire » (D. Briquel), quoique certaines séquences plus tardives, telle la première guerre samnite, soient aussi empruntes d'une réélaboration littéraire.

Cependant, les zones d'ombre et les épisodes légendaires mis à part, la chronologie même des premiers temps de la République demeure souvent incertaine. On sait en effet que les Romains dataient les événements d'après la succession des consuls, élus pour un an. Or ce n'est qu'à partir de 300 av. J.-C. que ces listes de magistrats (les *fasti*, « fastes ») qui nous sont parvenues sont complètes. Auparavant, l'ordre annuel demeure difficile à établir car les fastes doivent être reconstitués à partir de différentes sources parfois discordantes.

La convention admise est de suivre le système établi par Varron au dernier siècle de la République et employé sur une inscription en pierre d'époque augustéenne (ses morceaux sont actuellement conservés à Rome dans les musées capitolins), les fastes capitolins. Le problème est que la chronologie varronienne n'est pas exempte d'erreurs, comme l'insertion artificielle d'années de dictature en 333, 324, 309 et 301. De même, l'introduction des années d'« anarchie » (375-370) durant lesquelles il aurait été impossible de nommer un magistrat, ne correspond qu'à la durée d'une année dans l'historiographie grecque fondée sur le décompte des olympiades. Certains historiens grecs, tels que Denys d'Halicarnasse, ont tenté d'aboutir à un système universel, comparable à celui que nous connaissons de nos jours : ils se sont donc efforcés d'harmoniser les listes d'archontes à Athènes et les listes de consuls, en utilisant la succession des olympiades (la première remonte à l'année 776 apr. J.-C.). C'est ainsi, par exemple, que Denys situe l'année correspondant au numéro 484 av. J.-C. du calendrier julien : « L'année suivante, au début de la 74e olympiade [...], alors que Leostratos était archonte à Athènes, et que Quintus Fabius et Servius Cornélius avaient revêtu le consulat... »
Quatre siècles plus tard, c'est encore en se fondant sur le comput en olympiades (insérées dans l'ère mondiale débutant avec Abraham) que saint Jérôme poursuivait la *Chronique* d'Eusèbe qu'il achevait en 378 apr. J.-C. par ces mots : « Depuis la fondation de Rome jusqu'à la dernière année de cet ouvrage cela

fait mille cent trente et une années, à savoir deux cent quarante années sous les rois, quatre cent soixante-quatre années sous les consuls, quatre cent vingt-sept années sous les Augustes et les Césars. »

L'ère chrétienne

L'absence de référence à l'incarnation chez Jérôme pourrait surprendre. Cependant, si l'ère chrétienne est devenue d'un emploi universel, il s'agit d'une invention relativement récente qui n'advint qu'au terme d'une série d'hésitations et de controverses savantes ou théologiques, visant principalement à déterminer très exactement la date de Pâques. En 525, un moine d'origine gothique, Denys le Petit, établit pour la première fois une table pascale offrant une succession d'années comptées depuis l'incarnation du Christ (et non depuis la Passion, comme l'Occident commençait à le faire depuis un siècle). Pourtant, cet usage demeura limité au rituel durant près d'un siècle et demi. Ce n'est qu'à partir du VIIIe siècle que ce moyen commode de numérotation des années se généralisa en Europe (depuis les îles Britanniques) dans l'historiographie et sur les documents officiels. Quant au compte à rebours depuis l'année de l'incarnation, défini par le jésuite Denis Petau (1583-1652), il ne s'est diffusé qu'à partir du XVIIIe siècle.

Est-ce à dire qu'une perception chrétienne des événements du passé et de l'histoire de Rome ne serait aucunement apparue durant l'Antiquité ? C'est au contraire un bouleversement complet qui s'opéra dans ce champ des représentations (fondées sur le principe téléologique du judaïsme) : « Il en résulta une ligne du temps de la création du monde à la fin des temps, sur laquelle la venue du Christ constituait l'événement central qui coupait l'histoire du monde en deux » (G. Declercq). Dès le début du IIIe siècle, Sextus Julius Africanus publia une *Chronographie* où était introduite pour la première fois l'ère dite « mondiale », dans laquelle les années étaient comptées depuis la Création. Si les dates étaient encore transcrites en années du monde, l'idée d'un âge chrétien était instaurée. Au début du siècle suivant, la *Chronique universelle* d'Eusèbe devint pour des siècles la « norme de la connaissance chronologique en Occident » (E. J. Bickerman). Chaque année y était numérotée dans l'ordre, cette fois à partir de la naissance d'Abraham.

Encore un siècle après, alors que les Vandales conduits par Genséric venaient de mettre Rome à sac, en 455 apr. J.-C., Prosper d'Aquitaine rédigea une chronique en se fondant sur le texte de Jérôme. Apparaissait pour la première fois une ère chrétienne : les années y étaient décomptées à partir de l'année de la Passion (située depuis longtemps dans la quinzième année du règne de Tibère, c'est-à-dire sous le consulat de Rufius et Rubellius Gemini) mais, dans la plus pure tradition romaine, chacune d'entre elles était identifiée par les noms des consuls. Ainsi, en opérant une synthèse entre les apports de l'hellénisme, du judaïsme et de la romanité, « le christianisme a modifié l'idée que les gens de l'Antiquité se faisaient du passé et il fut à l'origine de nouvelles manières de penser et d'écrire l'histoire humaine » (H. Inglebert).

L'histoire de Rome, ses périodes

Comment les Romains comptaient-ils les jours, les mois et les années ? Comment situaient-ils dans ce cadre chronologique, les événements de leur propre passé dont ils souhaitaient conserver la mémoire ? La réponse à ces deux questions, on le voit, est à la fois complexe et variable selon l'époque envisagée de l'histoire de la Ville et du développement de sa civilisation, au contact de l'hellénisme tout d'abord, du judaïsme ensuite. Cette civilisation s'étend sur treize siècles, si l'on accepte de fixer le point de départ à la date traditionnelle de fondation de la Ville par son premier roi légendaire, Romulus, en 753 av. J.-C., et si l'on admet que la déposition du dernier empereur d'Occident, Romulus Augustule, en 476 apr. J.-C., revêt quelque signification. Soyons-en persuadés, quoiqu'il s'agisse d'une ultime péripétie, car au moment même où le « petit Auguste » était conduit en exil à Naples, la domination romaine sur les provinces occidentales touchait à sa fin.
Bien sûr, il s'agit là de « dates conventionnelles ». En amont, tout d'abord, puisque l'occupation du site de Rome est le fruit d'un processus antérieur au milieu du VIIIe siècle av. J.-C., tandis que la naissance d'une cité à proprement parler n'est perceptible qu'au

siècle suivant (l'archéologie en témoigne). En aval, ensuite, puisque l'Empire byzantin en Orient, centré sur sa capitale Constantinople, apparaît comme la continuation d'une civilisation romaine, dont les royaumes barbares en Occident revendiquèrent également l'héritage au cours des siècles suivants. Mais enfin, une fois que l'on a redit que l'histoire est le déroulement d'un « processus » et que la fixation d'une date n'arrête pas l'écoulement du temps, que la chronologie des faits politiques ou militaires ne recoupe pas nécessairement celle des évolutions économiques, artistiques ou religieuses, que toute « rupture » apparemment significative s'accompagne nécessairement de « continuités » (comment pourrait-il en aller autrement ?), admettons, au moins par commodité, d'encadrer et de préciser le souvenir des événements du passé, par cette opération incontournable : la mémorisation de dates.

L'histoire romaine dans son ensemble est généralement divisée en trois époques, à l'appui d'un critère déjà reconnu par les Anciens, à savoir la nature du régime politique (le texte de saint Jérôme cité plus haut en témoigne, à cette nuance près que la dictature de César est ici incluse dans la période impériale). L'on distingue donc généralement la royauté (753-509), la République (509-27) et l'Empire (27-476). Les subdivisions opérées à l'intérieur de chacune de ces époques dans la chronologie qui suit sont évidemment discutables, mais elles correspondent aux choix généralement admis, principalement fondés sur les ruptures advenues dans le champ politique et militaire.

Tandis que l'on sépare généralement la Rome royale des premiers rois légendaires, latins et sabins (753-618 ?), et celle des rois étrusques (618 ?-509), il est possible de distinguer trois étapes dans le développement de l'histoire républicaine qui suit. La première s'achève dans la deuxième moitié du IVe siècle avec la domination de Rome sur les cités latines et la résorption du conflit entre patriciens et plébéiens (508-338 av. J.-C.), la deuxième correspond au renforcement des institutions et à l'accomplissement des visées impérialistes de Rome en Italie, puis en Méditerranée (338-133 av. J.-C.), la troisième est dominée par la conjoncture des guerres civiles, l'émergence de la figure des *imperatores* et l'achèvement de la conquête en Orient (133-31 av. J.-C.). Enfin, la période impériale peut être divisée également en trois phases : la *pax romana* jusqu'aux derniers Antonins (31 av. J.-C.-192 apr. J.-C.), les crises du IIIe siècle et les réformes qui y remédient (193-337), l'Empire tardif, enfin, dominé par le phénomène de christianisation et l'installation des peuples barbares dans les Balkans ou les provinces occidentales (337-476).

CHRONOLOGIE DE la Rome antique

1000-509 av. J.-C.

753 av. J.-C. C'est à cette date que le grand érudit de la République finissante, Varron, faisait remonter la fondation de Rome. Or c'est également dans les décennies centrales du VIIIe siècle que l'archéologie permet de situer les premières transformations qui conduiront à la formation de la cité : construction d'une enceinte autour du Palatin ; différenciation sociale accrue ; multiplication des contacts avec l'extérieur. Et pourtant, s'il est évidemment tentant de rapprocher ces deux séries documentaires, si la confrontation des sources littéraires et matérielles est bien le fondement légitime de toute approche historique, il serait en l'occurrence hasardeux de vouloir faire coïncider absolument, d'une part ce qui relève d'un processus étalé sur plusieurs décennies, de l'autre, l'accomplissement d'un rite de fondation attribué à un certain Romulus et donnant naissance *ex nihilo* à la Ville. Comme le rappelle D. Briquel, « les études sur la mémoire des sociétés sans archives écrites montrent combien la chronologie des faits peut être fluctuante, quand bien même un vague souvenir en subsiste ». On admettra donc avec le même auteur qu'il « semble impossible de poser ce qui serait un souvenir d'ordre historique derrière la date assignée par Varron à l'acte fondateur de Romulus ».

En outre, la fixation de la date de fondation de Rome procède d'un artifice, soit que l'on admette avec la plupart des Modernes qu'elle repose sur un calcul à rebours à partir d'un événement postérieur,

à savoir la naissance de la République en 509 (le décompte en amont des sept règnes, correspondant à sept générations de près de trente-cinq ans, conduirait alors à l'année 753), soit que l'on suive l'hypothèse développée par O. de Cazanove. Selon cette révision critique, les Anciens auraient déterminé par un compte progressif (à partir de la date supposée de la prise de Troie) ou par un synchronisme (la fondation de Carthage) l'année de la naissance de Rome, de telle sorte que « la durée de la période royale aurait été déduite de la date assignée à la fondation, et non l'inverse ». Quoiqu'il en soit, la liste des sept rois connus par la tradition littéraire est artificielle. La durée constante attribuée au règne de chacun d'entre eux, trop longue d'ailleurs pour être admise telle quelle, est bien le signe d'une élaboration littéraire et d'un effort de mise en ordre qui s'accommode d'aberrations chronologiques.
Le règne du fondateur, le Latin Romulus, un moment associé à celui du Sabin Titus Tatius (pour couronner la fusion des deux peuples), aurait été suivi par celui de trois rois également « indigènes », Numa Pompilius, Tullus Hostilius et Ancus Marcius. Au lendemain de l'assassinat de ce dernier se seraient succédé les règnes de trois rois étrusques : Tarquin l'Ancien, Servius Tullius et Tarquin le Superbe. La tyrannie exercée par ce dernier et le viol de Lucrèce, le modèle de la femme romaine, commis par le fils du roi, auraient suscité l'élan de liberté qui conduisit à l'avènement de la République en 509.

Distinguons ces deux phases de la période royale : la fondation elle-même, suivie des règnes des Latins et des Sabins, et la succession des rois étrusques. La tradition concernant la première est en partie légendaire, mais il y a tout lieu de penser qu'elle s'est constituée assez tôt, probablement dans le courant du VIe siècle, et que les successeurs immédiats de Romulus (ce personnage éponyme de Rome est assurément inventé) ont sans doute eu une existence réelle. Or l'ancienneté de la tradition, attestée notamment par l'inscription d'un cippe découvert sur le Forum (le Lapis Niger) à proximité du Volcanal (le lieu même où Romulus aurait disparu), conforte l'interprétation selon laquelle, à défaut de transmettre une succession d'événements authentiques, cette tradition est porteuse de schémas de pensée anciens. Elle reflète plus précisément la fameuse « idéologie tripartie » définie par Georges Dumézil, selon laquelle la représentation du monde et l'organisation sociale des peuples indo-européens s'organisent autour de trois fonctions : la souveraineté et la religion, la guerre, la production ou la fécondité.

Tout effort pour résumer en quelques mots la démonstration poursuivie par ce savant au long d'une œuvre abondante, ponctuée d'affirmations, mais aussi de prudence et d'efforts de rectification, ne saurait que la desservir. En bref, la tradition des origines de Rome est l'expression diachronique (traduite dans un récit historique, plutôt que dans une temporalité mythique) de structures de pensée communes aux peuples d'origine indo-européenne, lesquelles se reflètent parfois également dans leur organisation sociale. Dans la mesure où « le Romain pense avant tout historiquement et géographiquement, [...] sa mythologie se costume en passé récent ou ancien de la ville, non en fables sur l'autre monde ». Dès lors, si le récit des origines revêt une importance fondamentale pour la connaissance des siècles les plus éloignés, aucune reconstitution événementielle n'est ici possible.

Un tel constat peut être néanmoins nuancé pour deux raisons. En premier lieu, il est tout de même possible, à l'appui des vestiges archéologiques, d'établir une chronologie matérielle dont l'interprétation permet de distinguer différentes étapes dans l'occupation du site de Rome et de préciser une évolution sociale, voire institutionnelle. En second lieu, si l'authenticité des faits remontant aux origines les plus lointaines ne saurait être acceptée, plusieurs données de la tradition littéraire portant sur la période des rois étrusques ont en revanche été confirmées par l'archéologie et l'épigraphie. Que l'on pense à la succession des traces de destruction du secteur de Sant'Omobono (au pied du Capitole) qui paraît coïncider chronologiquement avec l'enchaînement d'épisodes violents au cœur de la cité. Que l'on pense encore, de façon plus probante, à la fresque inscrite sur la tombe de François de Vulci (IVe siècle av. J.-C.) décrivant un combat impliquant un certain Macstarna, (le futur Servius Tullius, selon la Table claudienne) contre un *Cneve Tarchunies Rumach*, entendons un Gnaeus Tarquin de Rome. Or la tradition littéraire raconte précisément que le premier avait renversé le second pour régner à son tour.

Ce dernier siècle de la période royale est aussi celui de la « grande Rome des Tarquins ». La cité constitue désormais une véritable agglomération. Elle s'est enrichie de nombreuses infrastructures (place publique, réseau d'égoûts, muraille) et de monuments (temples, complexe de la *regia*), alors même que, trois siècles plus tôt, l'occupation du site se signalait par des habitations de bois et de chaume, qu'imitaient des urnes funéraires déposées dans les tombes de la plaine marécageuse du futur Forum.

1000-900

Phase I (protovillanovien ou âge du bronze final en Étrurie et à Capoue)

La découverte de céramique sur la colline du Capitole et au pied de celle-ci (dans la zone de l'arc d'Auguste, sur le Forum) atteste la présence d'un habitat. Sans doute le Palatin était-il occupé également à cette époque, à l'instar d'autres sites d'Étrurie méridionale (San Giovenale) et du Latium (Ardée, Lavinium).

Les occupants du site pratiquent l'incinération : les cendres du mort sont réunies dans des urnes en forme de cabanes qui caractérisent la civilisation latiale.

900-830

Phase IIA (villanovien ou âge du fer)

La zone du futur Forum (la dépresssion entre le Capitole et le Palatin) commence à être utilisée comme nécropole. L'inhumation remplace progressivement l'incinération.

Sur le Palatin, des traces de trous de poteaux et des rigoles d'évacuation des eaux attestent la présence de cabanes, d'aspect similaire aux urnes funéraires de la phase précédente.

830-770

Phase IIB (villanovien ou âge du fer)

Une modification capitale se produit : la zone du futur Forum n'est utilisée désormais que pour les

sépultures d'enfants. Celles-ci étant fréquemment localisées sous la demeure des vivants, les archéologues avancent l'hypothèse d'une concentration de l'habitat en une véritable agglomération, englobant les deux collines et la dépression qui les sépare.
Les nécropoles semblent repoussées à la périphérie, sur l'Esquilin. L'utilisation à des fins funéraires de cette zone, étendue vers le nord-ouest, s'est prolongée jusqu'au Ier siècle av. J.-C.
À la fin de cette période, l'agglomération s'étendrait déjà sur près de 150 ha (comprenant des zones non construites), une surface supérieure ou égale aux plus grandes villes d'Étrurie (Tarquinia, 121 ha ; Caere, 148 ha).

770-725

Phase III (villanovien ou âge du fer)

La présence de matériel hellénique dans les nécropoles de Rome (sur l'Esquilin) atteste l'existence d'échanges au moment où commence, en Italie, la colonisation grecque d'époque historique (Pithécusses est fondée vers 775, et Cumes vers 760).
Des fragments de céramique géométrique provenant d'Eubée, des Cyclades, de Corinthe ont également été découverts à proximité du port fluvial (le *portus Tiberinus*) adjacent au marché aux bœufs (le *forum Boarium*). Ils attestent sans doute la fréquentation du site par des marchands grecs.
Les fouilles conduites sur les pentes septentrionales du Palatin ont permis de découvrir les vestiges d'une muraille. Celle-ci correspond sans doute à un système de défense du Palatin. Il serait hâtif de

faire coïncider la découverte de tels vestiges avec la datation varronienne du tracé du sillon fondateur, le *pomerium*, en 753 av. J.-C.

725-630

Phase IVA (orientalisant ancien et moyen)

La véritable naissance de la ville de Rome se produit au cours de cette phase, marquée par un processus de différenciation sociale que laisse supposer la richesse particulière de certaines sépultures.

L'onomastique témoigne également de l'affirmation de groupes familiaux au sein de l'aristocratie, en même temps que se développent les liens de clientèle.

Vers 650

Réalisation d'un premier pavement du Forum (sol en terre battue mêlé d'éclats de pierre) qui tend à faire de cette place le centre de l'agglomération.

630-580

Phase IVB (orientalisant tardif)

La raréfaction des objets caractérisant les tombes princières de la phase précédente pourrait attester une évolution du comportement social.

Fin du VIIᵉ siècle

Construction de la *regia* sur le Forum. Cette « maison où habite le roi » (Festus) n'était qu'une partie d'un complexe plus vaste constituant la demeure royale. La *regia* deviendra sous la République le lieu où le grand pontife et le *rex sacrorum* exercent leurs fonctions sacrées.

Vers 600

Nouvel aménagement en terre battue du sol du Forum qui englobe la zone du Comitium (lieu de réunion de l'assemblée). Cet espace est alors devenu un centre urbain. Une telle datation archéologique recoupe les données de la tradition qui situe en 616 av. J.-C. l'installation à Rome de la dynastie étrusque des Tarquins.

Vers 560

Premières attestations de l'existence du temple de Vesta à proximité de la *regia*.

Vers 550

Le cippe inscrit du Lapis Niger atteste l'existence du roi (*rex*).

Fin du VIe siècle

Construction du temple de Jupiter Capitolin.

509-338 av. J.-C.

CHRONOLOGIE DE la Rome antique

> Par ce sang si pur avant le crime du prince, je jure devant vous, ô dieux, de chasser Lucius Tarquin le Superbe, lui, sa criminelle épouse et toute leur descendance, par le fer, par le feu, par tous les moyens qui seront en mon pouvoir et de ne plus tolérer de rois à Rome, ni eux ni aucun autre.

C'est par ces paroles vibrantes, prononcées, d'après Tite-Live (I, 59, 1), devant le corps de la noble Lucrèce (elle s'était suicidée après avoir été violée par Sextus Tarquin, le fils du roi étrusque Tarquin le Superbe), que Brutus aurait appelé plusieurs conjurés à expulser définitivement les rois de Rome. À l'instar d'autres épisodes rapportés par la tradition (la mort de Virginie en 450 av. J.-C.), l'atteinte portée à la dignité d'une Romaine de conduite exemplaire donne le signal du soulèvement contre la tyrannie. Ce n'est là qu'une des séquences édifiantes que l'annalistique a concentrées dans l'enchaînement des faits qui se seraient déroulés en 509 av. J.-C., date de la naissance de la République, deuxième fondation de la Ville, en quelque sorte. Or si la liste des deux consuls éponymes remonte bien également à l'année 509, ce n'est qu'à partir de 503 que les fastes permettant de les identifier deviennent dignes de foi. Quoiqu'il en soit, les Tarquins furent chassés dans les toutes dernières années du VIe siècle, tandis que l'*imperium* qui définissait précédemment le pouvoir du

roi fut désormais remis annuellement à des magistrats gouvernant collégialement, les consuls.
Passée l'exaltation de cet acte libérateur, le premier siècle d'existence de la République apparaît comme une période de recul et de repli qui contraste avec la période précédente des rois étrusques ou, à titre de comparaison, avec le rayonnement de la démocratie athénienne à la même époque : « une période d'obscure vie paysanne », écrivait l'historien A. Pigagnol, « troublée par des guerres sans gloire et par des haines civiles ». Les chiffres conservés des recensements des citoyens témoignent assurément d'une crise démographique au cours de ce « siècle obscur », puisqu'il fallut attendre le recensement de 392 (152 000 têtes) pour retrouver à peu près le même niveau de population qu'en 508 (130 000). La crise est peut-être à l'origine de la raréfaction des importations de céramique grecque (elles cessent plusieurs années après 470), qui traduit également un rejet de l'hellénisme par les classes dirigeantes.
Si l'ordre chronologique des faits est mal assuré en raison des bouleversements introduits par la tradition (cf. p. 13-14), la succession des guerres continuelles que les Romains mènent alors témoigne d'une lutte défensive contre des voisins belliqueux. Tandis que, au sud de la péninsule, les cités grecques doivent affronter les peuplades italiques de l'Appenin central (les Samnites s'installent en Campanie), celles-ci exercent également leur pression sur le Latium : les Volsques occupent la zone pontine qui relie cette région méridionale aux territoires de Rome et des cités latines. L'effort militaire

que doivent conduire Romains et Latins (ligués malgré leurs différends) face à un ennemi plus prompt à mener des razzias qu'à livrer une bataille rangée explique la succession des crises frumentaires qui se succèdent.

L'état de guerre est également à l'origine des tensions sociales et politiques, à l'occasion desquelles s'élabore le dispositif institutionnel et législatif de la cité, à savoir le conflit entre les plébéiens et les patriciens. Ces derniers, descendants des grandes familles sénatoriales d'époque royale, forment progressivement, dans les premières décennies du ve siècle, une sorte de caste, le patriciat, qui cherche aussi bien à accaparer les revenus de la guerre qu'à monopoliser l'accès aux magistratures. Au même moment, la plèbe s'organise en structure distincte au sein de la cité, formant un « État dans l'État », selon l'expression employée autrefois par Mommsen. En 367 av. J.-C., cependant, parmi d'autres mesures en leur faveur, les plébéiens obtiennent la reconnaissance légale de leur accès au consulat, étape décisive dans le processus qui conduisit à l'entente (*concordia*) entre les deux ordres. Leur fusion assure bientôt la naissance de la noblesse patricio-plébéienne.

Entre temps, la situation militaire avait évolué. Six ans après avoir éliminé sa rivale étrusque, Véies, en 396, à l'issue d'un siège de dix ans que la tradition assimile à la guerre de Troie, Rome aurait été sur le point de succomber à l'assaut des Celtes venus du Nord de l'Italie. Si la légende a peut-être exagéré le risque encouru en 390 av. J.-C. (ou 386 av. J.-C.), l'effort militaire contre ces Gaulois dut être poursuivi au cours des décennies suivantes (367, 361, 350 av. J.-C.), témoignant de la réalité d'un danger récurrent, symbolisé matériellement par la construction d'une puissante muraille, renforçant et peut-être élargissant le rempart archaïque.

À cette époque, Rome traitait encore sans doute sur un pied d'égalité avec les cités latines, selon les termes du traité signé en 493 av. J.-C. Cependant, à l'issue de deux années de guerre, de 340 à 338 av. J.-C., tout le Latium, à l'exception de Préneste et Tibur, fut annexé. Cinq ans auparavant, en 443 av. J.-C., avait été engagé le premier conflit contre les Samnites qui conduirait bientôt Rome à contrôler également cette partie de l'Italie centrale (actuelle Molise et partie septentrionale de la Campanie). C'est précisément à partir de l'engagement armé contre les Samnites coïncidant avec la mainmise sur le Latium que Tite-Live (VII, 29, 1) situe le départ de l'expansion qui conduisit la cité à dominer l'Italie, puis le monde méditerranéen dans son ensemble :

> À partir d'ici vont être narrées des guerres auxquelles la force des ennemis, l'éloignement des pays où se déroulèrent les hostilités, enfin leur longue durée donnent plus d'importance.

509 av. J.-C.

Date traditionnelle du renversement de la monarchie et de la fondation de la République avec l'élection des deux premiers consuls, Lucius Junius Brutus et Lucius Tarquinus Collatinus. Ce dernier, dont le nom évoquait trop le régime déchu, se retire bientôt à Lavinium. Il est alors remplacé par Publius Valerius Publicola.

Fin du VIe siècle av. J.-C.

Les traces de destruction observées par les archéologues dans la zone du Forum, de la *regia* et de l'aire sacrée de Sant'Omobono (en contrebas du Capitole), abandonnée ensuite durant deux siècles, ont souvent été mises en relation avec les brusques transformations politiques attestées par la tradition.

509 av. J.-C.

La tradition fait également remonter à cette année la *lex Valeria* établissant la *provocatio ad populum*. En réalité, cet appel au peuple, articulé au pouvoir d'aide (*auxilium*) du tribun ne sera mis en place qu'en 300.

509 av. J.-C.

Traité entre Rome et Carthage (l'authenticité du document transmis par Polybe n'est pas assurée).

509 av. J.-C.

Le temple du Capitole, dont les travaux remontaient à Tarquin l'Ancien (son plan à triple *cella* est typique de l'architecture étrusque), est dédicacé par le consul Marcus Horatius Pulvillus. Le monument dédié à la triade Jupiter, Junon et Minerve fut le point d'aboutissement de la cérémonie du triomphe durant huit siècles, jusqu'au règne de Constantin.

508 av. J.-C.

Porsenna, roi de Chiusi, met le siège devant Rome. Il prend sans doute la ville qui devient la base de ses campagnes contre la Ligue latine.

507 av. J.-C.

L'armée de Porsenna est battue à Aricie par Aristodème de Cumes et les Latins.

506 av. J.-C.

Tarquin le Superbe se réfugie chez son gendre Mamilius Octavius à Tusculum.

504 av. J.-C.

Le Sabin Atta Clausus trouve refuge à Rome avec sa famille et sa clientèle pour fuir les troubles qui déchirent la Sabine. En prenant le nom d'Appius Claudius, il donne naissance à la puissante famille des Claudii. Il obtient le droit de cité et la concession du territoire de la tribu Claudia (au nord de l'Arno). Cet épisode de la tradition reflète sans doute un authentique déplacement des Sabins à la fin du VIe siècle, à l'instar de l'épisode plus tardif d'Appius Herdonius, en 460 av. J.-C.

501 av. J.-C.

Un premier dictateur est nommé pour faire face à la révolte des Latins et à la menace des Sabins. La dictature est une magistrature extraordinaire mais légale, visant à accorder une autorité supérieure à un personnage chargé de résoudre une crise militaire ou une sédition. Elle est attestée à quatre-vingts reprises de 501 jusqu'à la fin du IIIe siècle av. J.-C. Le sens de l'institution est dévoyé une première fois en 82 par Sylla, puis de 49 à 44 par César.

499 ou 496 av. J.-C.

Victoire de Rome contre l'armée de la Ligue latine au lac Regille. Les Tarquins qui étaient réfugiés auprès des Latins s'enfuient à Cumes auprès d'Aristodème.

495 av. J.-C.

Tarquin meurt en exil à Cumes.

495 av. J.-C.

Création de la tribu Crustumina, sur le territoire de la cité latine de Crustumerium, immédiatement au nord de Fidènes.

Début du Ve siècle av. J.-C.

Les Volsques et les Èques s'établissent au sud du Latium qu'ils attaquent régulièrement.

494 av. J.-C.

Première sécession de la plèbe qui se retire sur le Mont sacré ou l'Aventin (la seconde sécession eut lieu en 449 av. J.-C.). Cette fraction de l'armée s'organise politiquement pour lutter contre la structure oligarchique du pouvoir. Elle se dote de deux magistrats (ils seront cinq en 471, puis dix à partir de 457), les tribuns de la plèbe, qui disposent du droit de venir en aide (*auxilium*) au citoyen qui ferait appel à eux, et d'un droit de veto (*intercessio*) leur permettant de bloquer la décision d'un consul. Leur personne était déclarée sacro-sainte, c'est-à-dire qu'elle possédait une inviolabilité sanctionnée par la mise à mort de quiconque serait l'auteur d'une atteinte envers eux.

493 av. J.-C.

Le consul Spurius Cassius dédie, au pied de l'Aventin, un temple à Cérès, Liber et Libera, qui restera le sanctuaire de la plèbe. Cette triade rivalise sur le plan religieux avec la triade capitoline (Jupiter, Junon, Minerve). Le sanctuaire devient le dépôt des archives plébéiennes, le trésor de la plèbe, et le centre de distributions de blé à la plèbe (les desservants du temple sont appelés édiles). C'est probablement sur l'Aventin que se réunissaient les *concilia plebis*, transformés plus tard en comices tributes. Une contre-cité est née, un « État dans l'État ».

493 av. J.-C.

Foedus Cassianum. Traité entre Rome et les cités latines qui prévoit une intervention automatique de l'une des deux parties en cas d'attaque par un tiers, ainsi qu'un partage équitable du butin réalisé à la guerre.

492-491 av. J.-C.

Famine à Rome. Dans ce contexte troublé, le patricien Coriolan s'attaque aux tribuns de la plèbe. Il s'exile chez les Volsques.

491-488 av. J.-C.

Depuis son exil, Coriolan lance une attaque contre Rome à la tête d'une armée volsque.

486-485 av. J.-C.

Le consul Spurius Cassius qui avait proposé une loi agraire stipulant d'utiliser en faveur de la plèbe une partie du territoire public (*ager publicus*) est soupçonné de vouloir accéder à la royauté. À sa sortie de charge, il est exécuté. Deux autres aspirants à la royauté (*adfectatores regni*) ont marqué l'histoire de la République : Spurius Maelius en 439 et Manlius Capitolinus en 384.

477 av. J.-C.

Défaite du Crémère (affluent du Tibre). Rome subit devant la ville étrusque de Véies une des défaites les plus terribles de son histoire, avec celle qu'elle connaîtra sur l'Allia en 390 av. J.-C., devant les Gaulois (une partie des sources place les deux événements le même jour de l'année). Plus de trois cents membres de la *gens* Fabia, dont le territoire jouxtait la rivière, y périssent, ne laissant qu'un seul survivant pour perpétuer la race. Chez Tite-Live, l'épisode fait écho à la fois à la bataille des Thermopyles (défaite des Grecs devant les Perses en 480 av. J.-C.) et au fait qu'un Fabius (Cunctator) sauvera Rome d'Hannibal en 216 av. J.-C.

474 av. J.-C.

Une trêve de quarante ans est conclue avec Véies. L'anéantissement presque complet des Fabii en 477 signifiait aussi le recul des ambitions de ce clan familial (*gens*) qui reprend alors probablement le contrôle de l'enclave transtibérine de Fidènes.

474 av. J.-C.
La victoire remportée par les flottes de Cumes et de Syracuse contre les Étrusques provoque un recul de l'influence de ces derniers en Campanie et le contrôle du commerce tyrrhénien par les Syracusains.

467 av. J.-C.
Prise de la ville d'Antium par les Romains.

461 av. J.-C.
La condamnation à l'exil d'un ennemi de la plèbe, le patricien Caeso Quinctius, témoigne de la résistance de la plèbe face au monopole des patriciens pour gouverner l'État.

460 av. J.-C.
Selon la tradition, un Sabin, Appius Herdonius, se serait emparé du Capitole à la faveur d'un raid nocturne avec des milliers de clients, d'esclaves et des exilés romains.

451-450 av. J.-C.
Les fastes consulaires s'interrompent pour enregistrer l'avènement de « dix magistrats à pouvoir consulaire chargés de la rédaction de lois », les décemvirs. La constitution de ce collège résulte sans doute d'un compromis entre le patriciat et la plèbe. Ils rédigent douze lois inscrites sur douze plaques de bronze exposées sur le Forum et qui constituent la base du droit romain, privé en particulier, les Douze Tables.

450-449 av. J.-C.
Un deuxième collège de décemvirs tend, sous la direction d'Appius Claudius, à exercer tyranniquement le pouvoir : séduit par la beauté d'une jeune fille, Virginie, Claudius aurait tenté de l'asservir à l'issue d'un procès inique. Pour sauver sa fille, le père (le tribun militaire Virginus) la mit à mort, provoquant un soulèvement populaire contre les décemvirs. Appius Claudius démissionne et se suicide. Rome revient au régime consulaire. Si l'historicité du décemvirat n'est plus mise en doute et si l'œuvre de ce collège a profondément marqué le droit, le récit de sa chute a, semble-t-il, été forgé par la tradition sur le modèle de la fin de la monarchie et l'avènement de la République en 509 (l'épisode de Virginie évoque celui de Lucrèce). C'est à cette date que Polybe arrête son récit de l'histoire primitive de Rome. Cicéron accordera plus tard la même importance à ce tournant.

446 av. J.-C.
Rome annexe un territoire ayant appartenu à Corioles. Une colonie est envoyée en 442 dans cette ville volsque du Latium.

445 av. J.-C.
L'interdiction des mariages entre plébéiens et patriciens, encore contenue dans les Douze Tables, disparaît.

444-367 av. J.-C.
Durant cette période la dualité consulaire est suspendue de façon intermittente (en particulier de

426 à 367) au profit de l'institution des tribuns militaires à pouvoir consulaire. Le sens d'une telle parenthèse institutionnelle est très discuté (tentative de la plèbe d'accéder à un collège plus large de magistrats, nécessité d'élargir l'état-major en raison de la multiplication des théâtres d'opération...). La réforme est certainement liée à une modification du commandement de l'armée.

443 av. J.-C.

Création de deux nouveaux magistrats, les censeurs (élus en principe tous les cinq ans pour une période de dix-huit mois). Ils doivent procéder aux opérations du cens, à savoir le recensement du corps civique et son classement en fonction de critères liés à la fortune, à la dignité et aux mœurs. C'est le cens qui détermine la place de chaque citoyen dans l'armée et sa participation à l'assemblée des comices centuriates.

442 av. J.-C.

Le territoire et la cité d'Ardée sont constitués en colonie pour faire face à la menace volsque.

439 av. J.-C.

La famine sévit à Rome. Un riche plébéien, Spurius Maelius, achète une grande quantité de blé qu'il distribue à bas prix au peuple. Accusé d'aspirer à la royauté, il est exécuté par Gaius Servilius Ahala, et sa maison est rasée. Il est l'un des trois aspirants à la royauté de l'histoire républicaine, avec Spurius Cassius (485) et Manlius Capitolinus (384).

437 ou 426 av. J.-C.
Reprise de la guerre avec Véies pour le contrôle de Fidènes (cité située au débouché d'un gué, l'un des rares passages pour traverser le Tibre). Les ambassadeurs romains envoyés à Fidènes sont massacrés, ce qui constitue une atteinte au « droit international » (*ius gentium*) et permet aux Romains de poursuivre une guerre légitime (*iustum bellum*), jusqu'à la prise de Fidènes et la conclusion d'une paix de vingt ans avec Véies. Le roi de Véies, Lar Tolumnius, est tué par un des généraux romains, Cornélius Cossus. Selon la tradition, un tel exploit vaut à Cossus de remporter, pour la deuxième fois dans l'histoire de Rome, l'honneur de déposer les dépouilles opimes dans le temple de Jupiter Férétrien sur le capitole, comme l'avait fait autrefois Romulus, vainqueur du roi des Caeniniens, Acron, et comme le fera plus tard Marcellus, vainqueur de l'Insubre Virodomar (222 av. J.-C.).

431 av. J.-C.
Victoire importante sur les Volsques et les Èques.

423 av. J.-C.
Prise de Capoue par les Samnites (originaires d'une région centrale de la chaîne des Apennins). Ils progressent dans la plaine campanienne.

420 av. J.-C.
Les Samnites progressent vers le Sud et prennent la ville grecque de Cumes.

418 av. J.-C.
Fondation d'une colonie latine à Tusculum.

406 av. J.-C.
Les Romains prennent la cité volsque d'Anxur.

406-396 av. J.-C.
Guerre entre Rome et Véies au terme de la paix instaurée en 426, et sans doute en raison de la volonté de Rome d'acquérir des terres.

396 av. J.-C.
Victoire définitive contre Véies remportée par le dictateur Furius Camillus (Camille). Il s'agit de la première victoire territoriale romaine significative après les difficultés traversées au cours du siècle précédent. Le territoire romain passe de 900 à 1 582 km^2.

396 av. J.-C.
Au lendemain de la victoire contre Véies, Camille fait reconstruire les temples de Sant'Omobono, de Fortuna et de Mater Matuta, marquant ainsi la reprise des grands travaux interrompus depuis les programmes monumentaux des Tarquins.

391 av. J.-C.
Cité en justice pour avoir laissé ses soldats se partager la totalité du butin pris sur Véies, Camille choisit l'exil.

390 av. J.-C. (386 selon Polybe)
L'armée romaine est battue par les Gaulois sur l'Allia (18 juillet), désastre militaire comparable à l'échec devant Véies en 477. À partir de Chiusi, l'armée gauloise, conduite par un chef auquel la tradition donne le nom de Brennus, se dirige vers Rome. La

ville est occupée. Les défenseurs, réfugiés sur le Capitole et menés par Marcus Manlius Capitolinus, sont avertis de l'approche des assaillants par les fameuses oies du Capitole et la colline n'est pas prise, contrairement à l'épisode honteux de 460 face aux Sabins. Sans doute la tradition a-t-elle exagéré la gravité du danger, alors qu'aucune trace d'incendie n'a été identifiée par les archéologues. Le versement d'une rançon aux Gaulois (proposition antérieure à l'intervention armée de Camille) pourrait signifier qu'il s'agissait d'une razzia parmi d'autres, plutôt que de la capacité ou de la volonté des Gaulois d'anéantir la Ville. La prise de Rome a fait l'objet d'une reconstruction en partie légendaire, mais elle eut néanmoins un impact considérable dans la mémoire de la cité jusqu'à l'époque impériale, comme en témoignent le texte de la Table claudienne (47 apr. J.-C.) ou encore les *Histoires* de Tacite (104-109 apr. J.-C.).

389 av. J.-C.

Au lendemain de la victoire contre les Gaulois est reconstruite l'enceinte de Rome. Elle suit en partie, sur 11 km de long et 10 m de hauteur, le parcours de l'ancien rempart attribué au roi Servius Tullius, et elle a conservé le nom de « muraille servienne ». En 353 av. J.-C., selon Tite-Live, les travaux ne sont pas encore achevés.

386-385 av. J.-C.

Guerres contre les Volsques, les Latins et les Herniques (elles se poursuivent jusqu'au milieu du IVe siècle).

384 av. J.-C.
Marcus Manlius Capitolinus, accusé d'aspirer à la royauté (*adfectatio regni*), à l'instar de Spurius Cassius (485) et de Spurius Maelius (439), est jugé, condamné et précipité du haut de la roche tarpéienne, depuis ce Capitole qui avait été le théâtre de ses exploits face aux Gaulois en 390.

383-379 av. J.-C.
Guerres contre Préneste.

375-371 av. J.-C.
Selon la chronologie varonnienne, suivie par Tite-Live, il n'aurait pas été possible durant ces cinq années de nommer un seul magistrat. La durée de cette « période d'anarchie », également retenue par les fastes capitolins (cf. p. 14-15), se limite à une seule année dans le récit de Diodore de Sicile. Il s'agit d'un artifice de l'historiographie latine.

367 av. J.-C.
Législation des tribuns de la plèbe Caius Licinius Stolo et Lucius Sextius en faveur de la plèbe. Outre des mesures à caractère social protégeant les débiteurs et les petits propriétaires, ce dispositif législatif appelé « licinio-sextien » constitue un tournant politique majeur dans l'histoire de la cité, puisqu'en rétablissant le consulat (suspendu de façon intermittente depuis 444), il impose également que l'un des deux consuls soit plébéien. Lucius Sextius exerce lui-même la charge l'année suivante.

361 ou 367 av. J.-C.
Nouveau raid gaulois, repoussé par Manlius Torquatus.

358-351 av. J.-C.
La guerre entre Rome et la cité étrusque de Tarquinia s'achève par une victoire romaine.

358 av. J.-C.
Rome réorganise la Ligue latine, en renouvelant le traité existant. Deux tribus, la Publilia et la Pomptina, sont créées aux confins du Latium et du pays Volsque. Rome contrôle ainsi ce qui avait été de tout temps la grande voie de communication entre le Latium et la Campanie, et que suivra la future via Latina.

356 av. J.-C.
Caius Marcius Rutilus est le premier plébéien à accéder à la dictature. Il conduit la guerre contre les Étrusques.

354 av. J.-C. (350 selon le système de chronologie grecque)
Traité d'alliance entre les Romains et les Samnites au détriment des Volsques. L'alliance sera rompue dès 343 par le déclenchement de la première guerre samnite.

351 av. J.-C.
Déjà dictateur, Caius Marcius Rutilus est le premier plébéien à accéder à la censure.

349 av. J.-C.
Un raid gaulois est repoussé par Marcus Valerius Corvus qui remporte un duel contre un chef

ennemi. Dans les décennies suivantes, la pression exercée par les Gaulois depuis 390 s'allège.

348 av. J.-C.
Renouvellement du traité de 509 avec Carthage.

345 av. J.-C.
En faisant la conquête de la cité de Sora (haute vallée du Liris), prise aux Volsques, au-delà des limites de l'ancien Latium, Rome manifeste sa volonté impérialiste.

343 av. J.-C.
Nouvelle sécession de la plèbe. Le plébiscite du tribun Lucius Genucius rend obligatoire l'association entre un consul plébéien et un consul patricien, devenue possible depuis 367.

343-341 av. J.-C.
Première guerre samnite. Rome vient en aide aux Sidicins et à leurs alliés campaniens, et s'avance pour la première fois en Campanie. En recevant la soumission volontaire (*deditio*) des Campaniens, les Romains acceptent leur alliance contre les Samnites. Le déroulement de ce conflit dans les récits anciens a sans doute été influencé par des événements postérieurs, mais la victoire de Rome appartient à la réalité historique.

342 av. J.-C.
Mutinerie de la garnison romaine de Capoue.

340-338 av. J.-C.
Guerre latine. Les Latins et d'autres peuples (Volsques, Aurunques, Sidicins, Campaniens), inquiets de l'avan-

cée romaine, se liguent contre Rome qui renouvelle l'alliance samnite.

340 av. J.-C.

Sacrifice de Publius Decius Mus au cours de la bataille du Veseris. L'affrontement étant sur le point de tourner en défaveur des Romains, ce consul offre sa vie selon le rite de la *devotio*, « comme envoyé du ciel pour expier toute la colère divine, détourner des siens le fléau et le rejeter sur l'ennemi » (Tite-Live). Ce geste sera accompli de nouveau par un autre Publius Decius Mus, lors de la bataille de Sentinum, en 295, et par son petit-fils face aux troupes du roi d'Épire, Pyrrhus, en 279.

338 av. J.-C.

Prise d'Antium, capitale des Volsques. La pose des éperons (rostres) pris aux navires d'Antium sur la tribune aux harangues du Forum romain marque l'achèvement de la guerre et la victoire de Rome.

338 av. J.-C.

À la différence des traités de 493 et de 358, Rome ne traita pas avec la Ligue latine, mais avec chaque cité séparément, en fonction du rôle qu'elle a joué dans la guerre. À l'exception de Lavinium qui conserve un traité en récompense de sa fidélité, de Tibur et Préneste qui sont amputées d'une partie de leur territoire mais gardent le statut de villes alliées, toutes les cités latines sont annexées et totalement soumises au régime de la citoyenneté latine.

338-146 av. J.-C.

CHRONOLOGIE DE la Rome antique

> La cité parfaite ne fait la guerre que pour conquérir ses engagements [*pro fide*] ou pour assurer sa sécurité [*pro salute*] [...]. Quant à notre peuple, c'est en défendant ses alliés qu'il est maintenant devenu le maître du monde.

Ces quelques mots sont placés par Cicéron dans la bouche de Laelius (officier romain lors de la prise de Carthage, en 146 av. J.-C.) à l'occasion de l'entretien imaginaire qui aurait réuni Scipion Émilien et quelques-uns de ses amis, peu de temps avant sa mort, en 129 av. J.-C. Ces fragments du dialogue cicéronien, la *République*, exposent le principe de la guerre légitime (*bellum iustum*) et traduisent la certitude selon laquelle la conquête romaine en constituerait, de bout en bout, l'accomplissement. Une telle conviction a parfois orienté l'interprétation de plusieurs historiens modernes, selon lesquels la domination de l'Italie et des rives de la Méditerranée par la cité du Latium aurait été le fruit d'un enchaînement de circonstances au cours desquelles le sénat romain aurait le plus souvent poursuivi des buts défensifs et honoré des alliances, sans obéir au principe d'un impérialisme conscient.
À l'opposé, d'autres analyses insistent plutôt sur la volonté sans cesse accrue de conquérir des terres, de réaliser du butin et d'accomplir un projet de domination universelle pour la gloire du peuple romain. N'était-ce pas déjà l'avis du Grec Polybe, un contemporain de Scipion Émilien, selon lequel,

à partir des guerres samnites, « les Romains allaient faire la guerre non pas pour la possession de terres étrangères, mais plutôt pour entrer en possession d'un bien qui leur revenait de droit » ?
Il semble certain que la perspective d'accumuler des gains a joué un rôle moteur dans ce processus, et ceci dès la fin du IVe siècle où la guerre constituait déjà une part essentielle des revenus de la cité. La dynamique « impérialiste », dans le bassin occidental de la Méditerranée, puis en Grèce et en Orient, devint par la suite structurelle pour deux raisons principales. D'une part, la compétition aristocratique, encouragée par le renouvellement annuel des magistratures dont dépendait le commandement des légions, poussait à de nouvelles conquêtes. D'autre part, la participation militaire des alliés italiens, contraints de servir dans l'armée romaine par un traité, contribuait à maintenir le lien de domination qui les liait (ils furent également bientôt intéressés aux profits de guerre).
L'organisation des territoires soumis ne conduisit ni à un renoncement au cadre institutionnel de la cité, ni à la formation d'un État territorial comparable à un royaume ou une structure fédérale. En Italie, tout d'abord, deux solutions furent trouvées : dans un premier temps la citoyenneté (*ciuitas*) fut distribuée, soit pleine et entière (dans le Latium), soit dépourvue des droits politiques (*ciuitas sine suffragio*) dans d'autres régions (en Campanie, chez les Volsques et les Sabins). L'octroi de la citoyenneté correspondait à une annexion. Par la suite, des traités furent imposés à des cités qui conservaient

leur personnalité, mais étaient contraintes de fournir des contingents militaires. Il s'agissait là d'une alliance. Enfin, la création de colonies de citoyens romains (vingt-cinq furent fondées entre 334 et 184), à vocation militaire, contribua également à la romanisation de la péninsule (cf. carte p. 259).

Dans les territoires outre-mer, le système de contrôle fut différent : si les Romains n'annexèrent pas toujours immédiatement toutes les contrées soumises en les plaçant sous leur contrôle direct au lendemain de leurs victoires, ils généralisèrent néanmoins progressivement l'organisation de l'empire en « provinces ». Désignant au départ le cercle des attributions d'un magistrat, le terme finit par s'appliquer à la circonscription des territoires placés sous la juridiction des gouverneurs : ces derniers, initialement des préteurs, furent bientôt choisis parmi des magistrats au terme de leur charge dans la Ville. Leur *imperium* était prorogé, pour un an en principe. Responsable de la pacification de la province et de l'exercice de la justice, le gouverneur exerçait également un contrôle de la fiscalité et de l'exploitation des ressources confiées à des sociétés de fermiers issus de l'ordre équestre, les publicains. Cette exploitation par Rome contribua à unifier économiquement le monde méditerranéen, mais l'afflux des richesses ainsi créées fut également un facteur de transformations et de tensions dans la société italienne.

À partir de 218 av. J.-C. (*lex Claudia*), toute activité visant un profit fut en principe interdite aux sénateurs, laissant donc aux seuls chevaliers le monopole de l'adjudication publique des dépenses et des recettes de l'État. Ainsi se dessina au cours du siècle suivant l'affrontement entre les deux ordres sénatorial et équestre, l'une des données essentielles des luttes politiques qui verront le jour au cours des guerres civiles. L'importation massive d'esclaves (anciens prisonniers de guerre), en Sicile et en Italie, contemporaine de la paupérisation de la petite et moyenne paysannerie italienne, est aussi à l'origine des révoltes serviles et des revendications populaires qui s'exprimeront à partir de 133 av. J.-C.

La conquête de l'Orient et l'afflux considérable de richesses eurent également un impact considérable dans le domaine de la culture et des arts. Rome, qui avait toujours subi l'influence du monde grec aux époques antérieures, entra cette fois directement en contact avec la civilisation hellénistique et s'en imprégna en profondeur. Tandis que de nombreuses œuvres d'art étaient importées dès la conquête des cités grecques du Sud de la péninsule, les membres des classes dirigeantes romaines s'entouraient d'artistes et d'intellectuels grecs. Ceux-ci amorcèrent l'hellénisation des goûts et des conduites qui s'affirmera à la période suivante.

332 av. J.-C.
Premier préteur plébéien : Quintus Publilius Philo.

328 av. J.-C.
Les Romains installent une colonie sur le site de Frégelles, laissé libre depuis la destruction de la cité volsque par les Samnites. Située sur la rive orientale du Liris, elle se trouve donc sur le côté revenant en principe aux Samnites.

327-326 av. J.-C.
Guerre contre Naples. À l'issue de la victoire romaine, la ville grecque conserve son autonomie mais se trouve liée à Rome par un traité d'alliance.

326-304 av. J.-C.
Deuxième guerre samnite. Les fronts sont multiples. Pour contourner l'ennemi, Rome recherche des appuis en Apulie, sur le versant adriatique de la péninsule.

321 av. J.-C.
Offensive romaine en pays ennemi, conduite par les deux consuls Tibérius Veturius Calvinus et Spurius Postumius Albinus. Défaits aux fourches Caudines (sans doute le site de La Forchia, entre Santa Maria a Vico et Arpaia), les Romains se voient contraints de passer sous le joug, désarmés et vêtus d'une simple tunique, en signe de soumission. Rome signe une paix qui dure jusqu'en 316.

318-315 av. J.-C.
La loi Ovinia confie aux censeurs la charge de confectionner la liste des sénateurs (*lectio senatus*) en choisissant dans « tous les ordres les meilleurs » – en réalité les anciens magistrats curules.

315 av. J.-C.
Bataille de Lautulae, à proximité de Terracine. Victoire samnite qui ébranle la domination romaine en Campanie.

314 av. J.-C.
Prise de Luceria par l'armée romaine et installation d'une colonie.

312 av. J.-C.
Censure d'Appius Claudius Caecus. Il fonde la via Appia et l'aqueduc de l'*aqua Claudia*, afin de moderniser la cité et de l'ouvrir sur la Campanie. Il procède à l'établissement de la liste des sénateurs (*lectio senatus*) et à une réforme des tribus : les affranchis sont répartis dans l'ensemble des unités de votes aux comices. Mais ses réformes trop audacieuses furent abandonnées.

311 av. J.-C.
Parallèlement à la guerre contre les Samnites, Rome doit faire face à l'offensive de certaines cités étrusques.

310 av. J.-C.
Quintus Fabius Rullianus conduit l'armée romaine contre les Étrusques en franchissant pour la première fois les monts Ciminiens (hauteurs volcaniques situées au nord du Latium, et constituant

un barrage en direction de l'Étrurie). Cette offensive provoque l'entrée en guerre des Ombriens.

308 av. J.-C.
Victoire de Rome contre les cités étrusques.

307 av. J.-C.
Construction de la via Valeria par le consul Marcus Valerius Maximus. Elle relie la côte apulienne en contournant le Samnium, et reflète ainsi la progression de l'armée romaine.

305 av. J.-C.
Capture du chef samnite Statius Gellius. Prise de Bovianum, au centre du Samnium.

304 av. J.-C.
La paix est conclue avec les Samnites. Le renouvellement de l'alliance de 354 s'accompagne de concessions territoriales. Les Samnites renoncent aux pourtours du Samnium, vers la Campanie et l'Apulie. La vallée du Liris passe entièrement sous contrôle romain, mais les Samnites conservent la forteresse d'Atina à proximité.

303 av. J.-C.
Déduction de la colonie d'Alba Fucens (face aux Èques).

302 av. J.-C.
Traité entre Rome et Tarente. La flotte romaine n'a pas le droit de naviguer au-delà du cap Lacinien (actuel cap Colonna, au sud de Crotone).

300 av. J.-C.
La *lex Valeria de provocatione* reconnaît à chaque citoyen le droit de porter devant le peuple tout procès capital, sans même recourir à l'intercession du tribun. La coercition capitale du magistrat est donc devenue inapplicable sur le territoire de la Ville (*domi*). Cette garantie reconnue au citoyen sera également étendue au domaine militaire (*militiae*) dans le courant du IIe siècle par les *leges Porciae*.

300 av. J.-C.
Les plébéiens sont admis à faire partie des collèges sacerdotaux des pontifes et des augures (*lex Ogulnia*).

299 av. J.-C.
Sur le territoire de la ville d'Ombrie Nequinum est déduite la colonie latine de Narni. Les Picènes entrent dans l'alliance romaine. Reprise de la guerre entre Rome et les Étrusques. À la demande de ces derniers, les Gaulois interviennent à leurs côtés.

298-280 av. J.-C.
Troisième guerre samnite (ou guerre italique).

298 av. J.-C.
Alliance des Sabins, des Étrusques, des Umbriens, des Pretuzi, des Gaulois Senons, des Samnites et Lucaniens contre Rome. Déduction, en territoire èque, de la colonie latine de Carseoli (Carsoli), qui fait face aux Marses.

296 av. J.-C.
Une statue en bronze de la louve légendaire allaitant les jumeaux Romulus et Rémus est dédiée au Lupercal par les frères Ogulnii. Elle est emblématique du développement de la grande statuaire dans les premières décennies du IIIe siècle.

295 av. J.-C.
Bataille de Sentinum, au bord de l'Aesis. Les consuls Quintus Fabius Maximus Rullianus et Publius Decius Mus battent les armées alliées des Samnites, Gaulois, Étrusques et Umbriens. Mais le consul Decius Mus périt dans la bataille, en faisant acte de *devotio* (à l'instar de son père en 340), tout comme le chef des troupes samnites, Gellius Egnatius. Cette bataille eut un impact international, en Grèce en particulier, où elle apparut comme la victoire d'une cité hellénisée contre des barbares.

294 av. J.-C.
Poursuite des opérations en Étrurie et destruction de Rusella. Les cités étrusques de Volsinii, Arrezzo et Pérouse concluent la paix avec Rome.

293 av. J.-C.
Nouvelle victoire romaine remportée par Lucius Papirius Cursor et Spurius Caruilius contre les Samnites, près d'Aquilonia. Massacre de la « légion de lin », corps d'élite de ce peuple de guerriers, et du reste de l'armée samnite.

293 av. J.-C.
Installation à proximité du temple de Quirinus du premier cadran solaire (*horologium*) de Rome.

293 av. J.-C.
Révolte de Caere. L'ancienne alliée de Rome craint désormais son expansion.

292 av. J.-C.
Victoire de Rome contre la cité étrusque de Faléries.

291 av. J.-C.
Déduction de la colonie latine de Vénusia (Venosa) sur un territoire limitrophe enlevé aux Samnites.

290 av. J.-C.
Campagne victorieuse du consul Marcus Curius Dentatus contre les Sabins. Les Samnites demandent la paix. Le renouvellement de l'alliance de 354 masque une sujétion de fait du pays samnite.

289 av. J.-C.
Mort d'Agatoclès, tyran de Syracuse. Les mercenaires campaniens (les Mamertins) laissent Syracuse et s'emparent de Messine (à moins que ce ne soit en 285 ?), où ils fondent leur propre état.

287 av. J.-C.
Sécession de la plèbe. Dictature du plébéien Quintus Hortensius. *Lex Hortensia* qui ordonne que les plébisicites, votés par les *concilia plebis tributa*, soient rendus équivalents aux lois, votées par les comices centuriates. L'*auctoritas patrum* (avis favorable préventif du sénat) est probablement étendue aux plébiscites.

285 av. J.-C.
La ville grecque de Thourioï (située au nord du cap Lacinien, la limite définie en 302), plutôt que de se

tourner vers Tarente, demande l'aide de Rome contre les Lucaniens. Ces derniers reçoivent le soutien des Brettiens et des Samnites qui profitent des difficultés de Rome en Étrurie.

284 av. J.-C.
Massacre du préteur Lucius Caecilius et de seize mille de ses hommes par les Gaulois Sénons, à proximité d'Arezzo. Marcus Curius Dentatus bat les Gaulois Sénons et occupe leur territoire. La colonie de Sena Gallica (Senigallia) est fondée sur le versant adriatique pour surveiller les Gaulois. Le peuple des Sénons, qui avait pris Rome en 390, est chassé d'Italie et refoulé en direction des pays danubiens.

283 av. J.-C.
Le consul Publius Cornélius Dolabella remporte une grande victoire au lac Vadimon en détruisant une armée de Gaulois Boïens, alliée aux Étrusques. Dès lors, les armées romaines sont prêtes à se tourner vers le Sud de la péninsule, opérant un choix stratégique qui constitue un tournant majeur.

282-272 av. J.-C.
Guerre de Tarente.

282 av. J.-C.
Gaius Fabritius bat les Brettiens, les Lucaniens et les Samnites. Rhégion, Locres et Crotone demandent également l'alliance de Rome. La dernière était située au nord du cap Lacinien – limite à ne pas franchir par les Romains, en vertu du traité de 302.

282 av. J.-C.

Une flotte romaine est attaquée et en partie détruite par une flotte de Tarente. L'armée de Tarente chasse la garnison romaine de Thourioï. Tarente demande l'aide de Pyrrhus, le roi d'Épire, malgré le risque qu'elle court en introduisant ce puissant allié dans ses affaires.

281 av. J.-C.

L'armée romaine dévaste le territoire de Tarente.

281 av. J.-C.

Célébration du triomphe du consul Quintus Marcius Philippus sur les Étrusques.

280 av. J.-C.

Pyrrhus débarque en Italie. Fort de sa phalange, de sa cavalerie et de ses éléphants, il bat les Romains à Héraclée (juillet) et avance le long de la via Latina, vers Anagni. À l'exception de Rhégion, les villes grecques qui abritent des garnisons romaines se livrent à Pyrrhus.

280 av. J.-C.

Alors que le sénat est sur le point de céder aux tractations habiles de Cinéas, l'envoyé de Pyrrhus, Appius Claudius Caecus (censeur en 312) prononce avec éloquence un discours de fermeté. On le considère comme le premier grand orateur de langue latine.

280 av. J.-C.

Célébration du triomphe du consul Titus Coruncianus sur Volsinies et Vulci. À cette date, l'Étrurie ne représente plus de véritable danger pour Rome.

279 av. J.-C.
Nouvelle victoire de Pyrrhus à Asculum en Apulie. Encore une fois, les légionnaires cèdent face aux éléphants. Au cours de la bataille, le consul Publius Decius Mus se sacrifie dans un acte de *devotio*, à l'instar de son père (295) et de son grand-père (340). Crotone et Locres se rangent aux côtés de Pyrrhus. Néanmoins, cette bataille n'est pas plus décisive que celle de l'année précédente.

278 av. J.-C.
Une flotte carthaginoise vient à l'aide de Rome. Renouvellement du traité de 509 et 348 entre Rome et Carthage, qui vise directement Pyrrhus.

277 av. J.-C.
Pyrrhus passe en Sicile. Il bat les Carthaginois à plusieurs reprises.

276 av. J.-C.
Pyrrhus est battu dans une bataille navale au large de Marsala par les Carthaginois. Il renonce à son projet initial de débarquement en Afrique et doit même revenir en Italie.

275 av. J.-C.
Bataille de Bénévent. Le consul Marcus Curius Dentatus remporte une victoire décisive sur Pyrrhus qui abandonne l'Italie et rentre en Grèce. Les alliés de Pyrrhus sont battus à plusieurs reprises.

273 av. J.-C.
Déduction des colonies latines de Paestum (au nord de la Lucanie) et Cosa (Étrurie méridionale).

272 av. J.-C.
Reddition de Tarente, puis de Thourioï, Metaponte et Locres. En soumettant ainsi la Grande-Grèce, Rome achève la conquête du sud de la péninsule, en même temps qu'elle s'ouvre à l'hellénisme. Dans les décennies suivantes, l'on assiste à la formation d'une communauté culturelle et artistique en Italie qui caractérise la période médio-républicaine.

270 av. J.-C.
Prise de Rhégion, défendue par les anciens mercenaires de la légion Campana. Conclusion d'un pacte d'amitié avec Hiéron II de Syracuse.

268 av. J.-C.
Déduction de la colonie latine de Bénévent, puis d'Aesernia en 263, pour tenir en respect les Samnites, tandis qu'au nord, sur la façade adriatique, Ariminum joue le même rôle face aux Gaulois.

268 av. J.-C.
Soumission des Picentins (peuple du Picenum).

266 av. J.-C.
Reddition des Messapiens, le peuple italique qui occupait le Sud de l'Apulie (actuel Salento).

265 av. J.-C.
Hiéron de Syracuse bat les Mamertins (groupe de mercenaires qui s'étaient emparés de Messine vers

286) et assume le titre de roi. Les Mamertins demandent l'aide de Rome et de Carthage. Les Carthaginois arrivent les premiers, mais Rome aussi accepte la *deditio* des Marmertins, en dépit du risque de conflit avec Carthage.

264-241 av. J.-C.
Première guerre punique (grande guerre de Sicile).

264 av. J.-C.
Le consul Appius Claudius Caudex débarque en Sicile et déclenche les hostilités en chassant les troupes carthaginoises de Messine où il installe les garnisons romaines. Les Carthaginois s'allient aux Syracusains contre Rome.

263 av. J.-C.
Hiéron de Syracuse se range finalement aux côtés des Romains dont il devient l'un des plus fidèles alliés.

262 av. J.-C.
Les deux armées élargissent leurs effectifs. Les Carthaginois concentrent à Agrigente les mercenaires gaulois, ligures et espagnols qu'ils viennent de recruter. La ville est prise par les Romains.

260 av. J.-C.
Le consul Gaius Duilius remporte une importante victoire navale au large de Mylae. Cet épisode témoigne de la faculté d'adaptation tactique des Romains. Conscients de la supériorité navale des Carthaginois, ils évitent les manœuvres et, à l'aide d'un système de passerelles et d'espars, ils s'accrochent aux navires

ennemis pour les investir : la bataille navale se transforme en combat d'infanterie. En commémoration de cet exploit, Duilius célèbre pour la première fois un triomphe naval, tandis qu'une colonne ornée des rostres des navires carthaginois est élevée sur le Forum.

259 av. J.-C.

Lucius Cornélius Scipion attaque la Corse (prise d'Aleria), puis la Sardaigne, élargissant le conflit aux îles du bassin occidental de la Méditerranée.

258-257 av. J.-C.

Tandis que les Romains remportent plusieurs victoires maritimes, le général carthaginois Hamilcar rétablit le contrôle de Carthage sur la Sicile.

256-255 av. J.-C.

Expédition de Marcus Attilius Régulus en Afrique.

256 av. J.-C.

Régulus débarque en Afrique. Il pille le territoire et établit son camp à Tunis. Les tribus numides profitent de l'occasion pour se soulever et la population afflue vers Carthage qui souffre de disette. Les conditions posées par Régulus au cours de pourparlers sont inacceptables. Carthage recrute des mercenaires en Grèce et fait appel aux services du spartiate Xanthippe : l'habileté tactique de ce dernier provoque un désastre terrestre pour l'armée romaine.

255 av. J.-C.

Fait prisonnier par les Carthaginois, Attilius Régulus est envoyé par ces derniers à Rome afin d'y négocier un échange de prisonniers, et promet de revenir à l'issue de sa mission. Quoique sa vie en dépende et en dépit des objurgations de ses proches, il défend auprès du sénat la fermeté à l'égard de l'ennemi. Porteur de ce message d'intransigeance, il est renvoyé à Carthage où il est supplicié. L'exemple de sa fermeté et de son courage s'est perpétué dans la tradition littéraire jusqu'à saint Augustin.

254 av. J.-C.
Les Romains prennent Palerme.

251 av. J.-C.
À l'issue de sa victoire devant Palerme, Lucius Caecillius Métellus capture les éléphants carthaginois qu'il conduit à Rome pour son triomphe.

250-241 av. J.-C.
Aucun triomphe n'est célébré à Rome. La guerre paraît marquer un temps d'arrêt. En dépit des qualités exceptionnelles de leur général, Hamilcar Barca (le père d'Hannibal), les Carthaginois ne parviennent pas non plus à remporter de victoire décisive.

242 av. J.-C.
La création d'une nouvelle magistrature, le *praetor peregrinus*, compétent pour les litiges entre les étrangers (*peregrini*) et les Romains, témoigne de l'intensité des échanges entre Rome et les ressortissants d'autres cités aux lendemains des guerres italiques.

241-238 av. J.-C.
Révolte des mercenaires carthaginois.

241 av. J.-C.
Le général Catulus (consul, puis proconsul) remporte la bataille des îles Égates qui contraint les Carthaginois à demander la paix. Un traité est signé comportant des clauses militaires (évacuation de la Sicile et des îles, restitution des prisonniers), diplomatiques (renoncement des Carthaginois à combattre Hiéron de Syracuse) et financières (versement d'un tribut sur dix ans).

240 av. J.-C.
À l'occasion des *Ludi Romani*, Livius Andronicus fait jouer une tragédie et une comédie. Originaire de Tarente, il serait le premier à avoir écrit des pièces en latin à Rome, et il peut être considéré comme le premier auteur de la littérature latine. Il traduisit en latin des chefs-d'œuvre de la littérature grecque, notamment l'*Odyssée*.

À partir de 237 av. J.-C.
Hamilcar Barca tente de construire un nouvel empire carthaginois en Espagne.

235 av. J.-C.
Les Carthaginois doivent renoncer à toute prétention sur la Sardaigne.

235 av. J.-C.
Triomphe de Titus Manlius Torquatus à l'issue de ses victoires contre les Sardes. Pour la première fois depuis le règne de Numa, selon la tradition, les portes du temple de Janus sont fermées, ce qui signifie que Rome est partout en paix, sur terre comme

sur mer. Le rite de fermeture ne sera de nouveau accompli que sous le règne d'Auguste, en 29 av. J.-C.

232 av. J.-C.
Tribunat de la plèbe de Gaius Flaminius, qui propose une loi pour l'attribution de lots individuels sur les territoires du Picenum et de l'*ager gallicus*, devenus terres publiques depuis l'expulsion des Gaulois Sénons en 284. Le sénat s'oppose à cette décision perçue comme révolutionnaire, dans la mesure où toute attribution de terres s'était faite jusque-là dans le cadre d'une colonie.

229-228 av. J.-C.
Première guerre d'Illyrie. Le développement de la piraterie illyrienne et l'hégémonie du royaume d'Illyrie en direction de l'Adriatique Sud, sous la conduite de la régente Teuta, conduisent à l'ouverture des hostilités. Le traité de 228 contraint les Illyriens à un repli.

229 av. J.-C.
Après la mort d'Hamilcar Barca, la politique carthaginoise d'expansion en Espagne est poursuivie par son gendre Hasdrubal le Beau.

229 av. J.-C.
Alliances avec les Gaulois Cénomans et avec les Vénètes.

227 av. J.-C.
Pour la première fois, deux préteurs supplémentaires sont élus (en plus du préteur urbain et du préteur pérégrin, récemment créé). L'un est envoyé

en Sardaigne, l'autre en Sicile, la pacification des deux îles paraissant acquise. Ainsi naît la notion de « domaine de compétence » (*provincia*), correspondant à un territoire, un système de gouvernement des pays conquis qui se développera au cours des deux siècles suivants.

226 ou 225 av. J.-C.

Une ambassade romaine en Espagne conclut avec Hasdrubal une convention qui interdit aux Carthaginois de « passer en armes le fleuve Iber ».

225 av. J.-C.

Les Gaulois d'Italie (Boïens, Insubres, Taurini, Lingons), alliés aux Gésates de la vallée du Rhône, se soulèvent, provoquant une véritable terreur à Rome.

223 av. J.-C.

Victoire de Gaius Flaminius contre les Gaulois. Poursuivant une politique contraire au conservatisme sénatorial, il distribue l'intégralité du butin à ses troupes et obtient par un vote populaire le triomphe que le sénat lui refusait.

222 av. J.-C.

Le consul Marcus Claudius Marcellus remporte la victoire de Clastidium (Casteggio sur la rive gauche du Pô) contre les Gaulois. Il tue le chef insubre Viridomar et, au lendemain de son triomphe à Rome, consacre ses dépouilles à Jupiter Férétrien, selon le rite des dépouilles opimes. Ce geste n'est attesté que deux autres fois dans l'histoire de Rome, lors de la victoire légendaire de Romulus contre

Acron (le roi des Cécinètes) et lors de celle d'A. Cornélius Cossus contre l'Étrusque Tolumnius, en 428 av. J.-C.

221 av. J.-C.

Hasdrubal le Beau est assassiné. Il est remplacé par Hannibal, le fils d'Hamilcar Barca, à la tête des forces carthaginoises en Espagne. Hannibal poursuit la politique hégémonique de son père, tout comme son frère, Hasdrubal Barca.

220-219 av. J.-C.

Censure de Gaius Flaminius (vainqueur des Gaulois en 223). Il engage la construction de la route reliant Rome à Ariminum, la via Flaminia, et les travaux d'aménagement du circus Flaminius sur le Champ de Mars, où sont donnés, à partir de 216, les Jeux plébéiens, commémorant la *concordia* entre les ordres. Ils prennent place pendant les Jeux romains, dédiés à Jupiter une fois par an.

219 av. J.-C.

Deuxième guerre d'Illyrie. Démétrios de Pharos, l'homme fort du royaume après la mort de la régente Teuta, profite de la guerre menée par Rome contre les Gaulois (225-222) pour reprendre l'expansionnisme illyrien. Vaincu, il se réfugie auprès de Philippe V de Macédoine.

219-218 av. J.-C.

Hannibal entame le siège de Sagonte, récente alliée de Rome, et prend la ville. Ce *casus belli* conduit les Romains à déclarer officiellement la guerre à Carthage, en invoquant les clauses de 226.

218-201 av. J.-C.
Deuxième guerre punique.

218 av. J.-C.
Plébiscite claudien. Interdiction est faite aux sénateurs de posséder des navires pour le commerce maritime.

218 av. J.-C.
Hannibal décide d'attaquer Rome par le Nord de l'Italie. Cette stratégie tient compte de l'affaiblissement naval de Carthage depuis 241 et de l'espoir de mobiliser sur son passage des contingents gaulois. À la tête de son armée et de ses éléphants, il franchit les Alpes (octobre). Il remporte une première victoire contre les Romains à la Trébie (décembre).

218-217 av. J.-C.
Gaius Cornélius Scipion, puis son frère, Publius Cornélius Scipion, se rendent dans la péninsule Ibérique.

21 juin 217 av. J.-C.
Désastre du lac Trasimène. Le général Gaius Flaminius, vainqueur des Gaulois en 223, est massacré, avec une partie de son armée. À Rome, peu de jours après la défaite, Quintus Fabius Maximus est nommé dictateur. Il évite un engagement frontal avec Hannibal, ce qui lui vaut son surnom de Cunctator, le « Temporisateur ».

2 août 216 av. J.-C.
Défaite de Cannes (plaine de l'Ofanto). Rompant avec la stratégie adoptée l'année précédente par

Fabius, les consuls Lucius Aemilius Paulus et Gaius Terentius Varro engagent les légions dans une bataille rangée contre l'armée carthaginoise. C'est la plus terrible défaite de l'histoire de Rome, avec près de cinquante mille morts et près de vingt mille prisonniers. Ce revers ébranle la fidélité des alliés de Rome dans l'Italie méridionale (Capoue, les Lucaniens, les Bruttiens…).

216 av. J.-C.

Quintus Fabius Pictor, considéré comme le premier historien romain, participe à l'ambassade envoyée à Delphes pour consulter l'oracle d'Apollon, au lendemain du désastre de Cannes. Composée en grec, son œuvre (dont une trentaine de fragments sont conservés) fut par la suite traduite en latin.

215-205 av. J.-C.

Première guerre de Macédoine, déclenchée par l'avancée macédonienne en Illyrie et l'alliance du roi Philippe V de Macédoine avec Hannibal. En 213, la prise de Lissos donne aux Macédoniens un accès direct à l'Adriatique. Rome, qui doit au même moment faire face aux Carthaginois en Italie et en Espagne, tente de trouver des appuis dans le monde grec. En 212, une alliance est passée avec la Ligue étolienne, ensuite ouverte à Sparte, Élis, Messène et au roi de Pergame. Le désengagement romain, alors que s'estompe la menace macédonienne, contraint les Étoliens à une paix séparée en 206. Un ultime effort militaire est fourni pour obtenir un traité de paix en 205, dit paix de Phoinikè.

214 av. J.-C.

Syracuse, où est instaurée une république, se détache de Rome.

212 av. J.-C.

Hannibal occupe Tarente, sans réussir à prendre l'acropole tenue par la garnison romaine.

211 av. J.-C.

Syracuse et Capoue sont reprises par les Romains. La seconde est durement punie.

211 av. J.-C.

Les deux Scipions sont battus et tués en Espagne. L'armée romaine doit abandonner les positions acquises au cours des huit années précédentes, au sud de l'Èbre. Le fils homonyme de Publius Scipion, âgé de 24 ans, est désigné pour commander les armées d'Espagne avec le titre de proconsul, alors qu'il n'a même pas encore exercé la préture.

211 av. J.-C.

Hannibal marche sur Rome, campe devant ses murs, puis se retire presque aussitôt.

211 av. J.-C.

Création du denier d'argent (10 as de bronze), à peu près contemporaine de la création de la monnaie de bronze elle-même, à l'issue d'une longue évolution remontant au VIe siècle av. J.-C. On avait successivement employé comme moyen d'échanges le bronze à l'état brut, puis en barres de poids variable, puis en lingots estampillés d'un poids constant. Le denier d'argent demeurera au cœur du système monétaire romain, jusqu'à la crise du IIIe siècle apr. J.-C.

209 av. J.-C.
Publius Cornélius Scipion prend Carthagène.

208 av. J.-C.
Scipion remporte une victoire à Baecula (Bailen), mais il ne peut pas empêcher le frère d'Hannibal, Hasdrubal, de se diriger vers l'Italie en passant par la Gaule.

207 av. J.-C.
Hasdrubal, qui cherche à rejoindre Hannibal stationné dans le Sud de l'Italie, est battu à la bataille du fleuve Métaure (dans les Marches). Son armée est détruite, lui-même est tué. Hannibal, privé de renforts, est désormais contraint à la défensive. Nouvelle victoire de Scipion en Espagne (Carmona).

206 av. J.-C.
Les victoires successives de Publius Scipion contraignent les Carthaginois à abandonner l'Espagne. Fondation de la colonie d'Italica, au nord-ouest de l'actuelle Sicile. Scipion rentre en Italie où il est élu consul pour l'année suivante. Entre le départ de Scipion et l'arrivée de Sertorius en 82 av. J.-C., Rome maintient deux *prouinciae* dans la péninsule : la Bétique, ou Espagne Ultérieure (chef-lieu Cordoue), et l'Espagne Citérieure (chef-lieu Tarraco).

205 av. J.-C.
Paix de Phoinikè qui met un terme à la première guerre de Macédoine, engagée en 215. Rome

conserve des amis dans les Balkans, mais ne prend aucun engagement qui la contraindrait à intervenir en cas d'agression macédonienne. Le consul Publius Cornélius Scipion convainc le sénat, malgré les réticences de Fabius Maximus, de porter la guerre en Afrique.

204 av. J.-C.

La position d'Hannibal en Italie est désormais très précaire. Scipion débarque en Afrique où il trouve un allié en la personne du prince numide, Massinissa. L'appui tactique de la cavalerie numide sera un facteur décisif de la victoire romaine.

204 av. J.-C.

Mort du poète Naevius à Utique. Cet auteur de théâtre venait de composer un poème, *La Guerre punique*, qui donna sa spécificité au genre épique romain. La même année, Ennius (originaire de Rudies, petite ville voisine de Tarente ayant servi parmi les alliés de Rome) s'installe à Rome. Protégé des grandes familles (les Cornelii et les Fulvii), il reçoit la citoyenneté romaine vingt ans plus tard, en 184. Il était considéré par les Romains comme le fondateur de la littérature latine, mais ses satires, son poème à la gloire de Scipion et ses *Annales* ont presque entièrement disparu.

203 av. J.-C.

Scipion détruit à Utique les campements d'Hasdrubal Gisco et de Siphax (le roi de Numidie, passé du côté carthaginois). Hannibal est rappelé à Carthage, ainsi que Magon, qui meurt durant le voyage.

202 av. J.-C.
Publius Scipion remporte à Zama une victoire décisive contre l'armée carthaginoise.

201 av. J.-C.
Publius Scipion rentre à Rome où il célèbre un triomphe et prend le surnom d'Africain. Traité de paix avec Carthage. Outre le versement d'un tribut, les clauses sont essentiellement diplomatiques et militaires, elles visent à confiner Carthage en Afrique et à limiter ses mouvements sur le sol africain lui-même. Massinissa devient roi de Numidie. Contraint à l'exil par sa propre cité, Hannibal se réfugiera auprès d'Antiochos III (196 av. J.-C.).

201 av. J.-C.
Les ambassadeurs de Pergame et Rhodes dénoncent au sénat la politique agressive de Philippe V de Macédoine en Égée.

200-197 av. J.-C.
Deuxième guerre de Macédoine. Suite à la plainte de Pergame et de Rhodes, le sénat présente un ultimatum à Philippe V, puis décide d'envoyer une armée, commandée par Flamininus à partir de 198. Ce dernier remporte la victoire décisive de Cynoscéphales (Thessalie) en 197. Conclusion de la paix de Tempé. Reflux de l'influence macédonienne, Rome décide de la nouvelle carte politique de la Grèce en limitant les ambitions de la Ligue étolienne.

200-191 av. J.-C.
Guerre gauloise. L'invasion d'Hannibal avait réveillé la résistance gauloise à l'expansion romaine, marquée par la bataille de Clastidium en 222. Alliés aux Ligures, les Gaulois prennent Crémone et Plaisance. La victoire de Scipion Nasica contre les Boïens met fin aux principales opérations militaires en 191.

200-151 av. J.-C.
Guerres ligures. Les Ligures, alliés des Gaulois, poursuivent la guerre contre Rome durant plusieurs décennies dans le Nord de l'Italie. En 154, l'équipement de la route qui relie Gênes à Aquilée (colonie déduite en 181 av. J.-C.), par Plaisance et Crémone, signe la reprise du contrôle de la région par les Romains. L'intégration définitive de ces peuples n'adviendra que sous le règne d'Auguste (27 av.-14 apr. J.C).

198-178 av. J.-C.
Guerres espagnoles. En raison de la brutalité de l'occupation romaine, des révoltes éclatent dans les deux provinces de Bétique et d'Espagne Citérieure, contrôlées depuis 206. En 195, Caton l'Ancien est envoyé à la tête d'une armée consulaire (deux légions) pour rétablir l'ordre. Rome intensifie l'effort de guerre dans les douze années suivantes en envoyant combattre ses meilleurs généraux. À partir de 181 s'ouvre le long cycle d'opérations militaires contre les Celtibères (fédération de peuples guerriers d'origine celte) dont le territoire était situé au centre de l'Espagne. La véritable pacification n'adviendra qu'en 133 av. J.-C., quoique l'œuvre diplomatique

de Tibérius Sempronius Gracchus assure plusieurs années de paix dès 178.

195 av. J.-C.

Avec le soutien d'une assemblée d'États grecs, Flamininus mène la guerre contre le roi Nabis de Sparte, afin de limiter les ambitions de ce dernier dans le Péloponnèse.

196 av. J.-C.

Après la seconde guerre de Macédoine (200-197), Flamininus proclame à Corinthe, durant les Jeux isthmiques, la liberté des Grecs. Les cités sont exemptes de garnisons et de tributs et demeurent « en possession de leurs lois traditionnelles ». Il est le premier Romain à recevoir des honneurs religieux dans les cités grecques.

194 av. J.-C.

Contre l'avis de Scipion l'Africain, toutes les forces romaines évacuent la Grèce.

192-189 av. J.-C.

Guerre contre la Syrie d'Antiochos III. Poussé par les Étoliens à intervenir en Grèce, après quatre ans de guerre froide au cours desquels s'était affirmée son hégémonie en Asie Mineure, le roi Antiochos III est défait aux Thermopyles (avril 191). Les Romains passent en Asie l'année suivante sous le commandement de Lucius Scipion (190) et remportent la victoire de Magnésie (janvier 189). En Grèce, les Étoliens sont battus par Fulvius Nobilior.

191 av. J.-C.
Victoire de Scipion Nasica contre les Boïens. Fin des guerres gauloises dans le Nord de l'Italie (200-191).

191 av. J.-C.
Présentation publique du *Pseudolus* de Plaute (255-184). La création théâtrale de ce dernier, inspirée des auteurs de la nouvelle comédie grecque, tel Ménandre, s'épanouit depuis les dernières années de la deuxième guerre punique.

188 av. J.-C.
Paix d'Apamée. Fin de la guerre contre Antiochos III (192-189). Le roi est contraint d'abandonner toutes ses possessions d'Asie Mineure (à l'exclusion de la Cilicie) et de se retirer au-delà du Taurus.

187 av. J.-C.
Procès contre Lucius Cornélius Scipion. Il est condamné à payer une forte amende.

186 av. J.-C.
Senatus consultum de Bacchanalibus. Il instaure l'état d'exception pour la répression du culte bacchique.

184-183 av. J.-C.
Censure de Caton l'Ancien. La rigueur (*seueritas*) qu'il manifeste dans l'exercice de sa magistrature lui vaut son surnom de « Censeur ». Il édifie à cette occasion la première basilique du Forum, témoin de la monumentalisation de Rome. Il est l'un des fondateurs de la prose latine : son œuvre historique, les *Origines*, ne nous est parvenue qu'à l'état de fragments, mais son traité d'agronomie, le

De Agricultura, entièrement conservé, fait état des transformations de l'agriculture italienne, centrée sur la villa esclavagiste.

183 av. J.-C.
Création des colonies de Parme et Modème, étape décisive dans la reprise de contrôle de la Cisalpine, renforcée deux ans plus tard par la construction de la via Flaminia entre Arretium et Bologne.

181-178 av. J.-C.
Première guerre celtibère.

180 av. J.-C.
Lex Villia annalis qui réglemente définitivement le *cursus honorum*, la « carrière des honneurs » poursuivie par les membres des classes dirigeantes.

179 av. J.-C.
Persée, le fils de Philippe V, monte sur le trône de Macédoine. Cet avènement marque une reprise de la politique méditerranéenne de ce royaume. Sans trahir la lettre du traité de 197, le nouveau roi s'efforce de montrer aux Grecs que la Macédoine constitue un contrepoids indispensable à Rome pour garantir leur liberté.

178 av. J.-C.
Expédition contre les Istriens. Tibérius Sempronius Gracchus conclut un accord avec les Celtibères, parvenant à une accalmie des guerres espagnoles (198-178).

176 av. J.-C.
Pacification de la Sardaigne.

172 av. J.-C.
Eumène II, roi de Pergame, se rend à Rome. Devant le sénat, il accuse Persée de préparer une guerre.

172-168 av. J.-C.
Troisième guerre de Macédoine. Les forces romaines piétinent deux ans en Thessalie, peu soutenues par leurs alliés grecs, tandis qu'une partie des Épirotes et des Illyriens rejoignent le camp macédonien. La prise de commandement de l'armée romaine par Paul Émile inverse le cours de la guerre.

168 av. J.-C.
Victoire de Paul Émile à Pydna contre le roi de Macédoine Persée, qui est contraint de se rendre. Au lendemain de son succès, Rome durcit sa politique dans les Balkans et en Orient. La Macédoine et l'Illyrie, où la monarchie était abolie, sont démembrées et soumises au tribut, l'Épire est dévastée, les classes dirigeantes grecques épurées, tandis que Rhodes et Pergame qui n'ont pas affiché leur soutien à Rome sont humiliées. Le roi de Syrie, Antiochos IV, est contraint de se retirer d'Égypte. Pour concurrencer la place de Rhodes, Délos est déclarée port franc.

167 av. J.-C.
Mainmise sur les mines de Macédoine qui libère les citoyens romains de l'impôt direct (*tributum*).

166-160 av. J.-C.
Création des six comédies de Térence (185-160). Ce protégé des Scipions, admirateur de Naevius, incarne l'attrait de l'hellénisme sur une partie de la

noblesse romaine, en dépit des récriminations de Caton le Censeur (184).

156-155 av. J.-C.
Guerre contre les Dalmates.

154-133 av. J.-C.
Guerres espagnoles. Les Celtibères se soulèvent de nouveau, en même temps que les Lusitaniens. Ces derniers acceptent une première reddition dont le consul Galba profite pour les faire massacrer (151). Poursuivi à Rome pour cet acte déshonorant, il est absous. L'un des survivants du massacre, le pâtre Viriathe, conduit un nouveau soulèvement qui ne prend fin que par son assassinat (141). Les Celtibères continuent néanmoins la lutte, en poursuivant la défense de Numance engagée en 143. La ville ne tombera qu'en 133.

153 av. J.-C.
Chargé d'une ambassade à Carthage, Caton le Censeur (184-183 av. J.-C.) est frappé de la prospérité recouvrée de la ville et de son réarmement. Jusqu'à sa mort en 149, à la veille de la troisième guerre punique, il s'efforcera de persuader ses concitoyens de la nécessité de détruire Carthage.

150 av. J.-C.
Contre-attaque de Carthage contre Massinissa. Le sénat se décide à mener une guerre préventive contre la cité punique.

149-146 av. J.-C.
Troisième guerre punique. L'armée romaine se rassemble en Sicile ; les Carthaginois fournissent trois cents otages et acceptent le désarmement exigé des Romains. En dépit de cela, les Romains débarquent à Utique. La cité désarmée résiste trois ans. Élu consul pour 147, en dépit des règles du *cursus honorum*, Scipion Émilien prend Carthage au printemps 146. La cité est rasée et son sol fait désormais l'objet d'une interdiction religieuse : il est déclaré *sacer*, son territoire est remis à l'État romain (*ager publicus*) et il demeure abandonné jusqu'en 123.

149-148 av. J.-C.
Révolte d'Androniscos en Macédoine, qui favorise également le soulèvement de la Ligne achéenne. À l'issue de la victoire de Quintus Caecilius Métellus contre Androniscos, la Macédoine est réduite en province.

149 av. J.-C.
Institution de la *quaestio perpetua de repetundis* (tribunal permanent pour la répression du crime de concussion des magistrats).

146 av. J.-C.
Fin de la guerre d'Achaïe, Corinthe est détruite par Lucius Memmius, à l'instar du sort réservé à Carthage à la fin de la troisième guerre punique (149-146).

146-31 av. J.-C.

CHRONOLOGIE DE la Rome antique

> Tibérius Gracchus fut le premier qui, lorsqu'il était tribun de la plèbe et pendant qu'il proposait des lois, périt dans une sédition. Avec lui furent massacrés, dans le sein même du Capitole, plusieurs de ceux qui s'y trouvèrent enfermés. Après ce crime odieux, les séditions n'eurent plus de terme.

C'est par ces mots que l'historien grec Appien d'Alexandrie (IIe siècle apr. J.-C.) engage le récit des guerres civiles, en leur donnant pour point de départ le lynchage du tribun de la plèbe survenu en 133 av. J.-C. Ce choix chronologique présidant à l'ordre de son ouvrage a été le plus souvent suivi par les Modernes, quoiqu'il constitue le révélateur plutôt que l'amorce d'une évolution qui conduisit à l'effondrement de la forme républicaine de gouvernement. Toutefois, si la crise sociale et institutionnelle révélée à la fois par le contenu des réformes gracchiennes et par l'opposition farouche qu'elles suscitèrent trouve ses racines dans les transformations survenues au cours des décennies antérieures et dans un processus de conquête engagé à la fin du siècle précédent, le recours délibéré à la violence pour régler une crise politique présentait assurément un caractère nouveau. Cette violence politique ne cessa de s'amplifier au cours du siècle suivant, de l'assassinat de hauts personnages sur le Forum jusqu'à l'affrontement d'armées entières, à l'échelle de la Méditerranée.

Les enjeux contenus dans le programme des tribuns réformateurs et de leurs épigones donnèrent naissance à des choix de conduites politiques, plutôt qu'à des partis au sens où nous l'entendrions aujourd'hui. S'opposèrent ainsi, d'un côté, les *populares* (considérés comme favorables aux intérêts du peuple et partisans de réformes), de l'autre les *optimates* (partisans de l'oligarchie sénatoriale). Mais ces prises de position idéologiques, révélatrices de la crise que traversait la République, ne constituèrent bientôt que des slogans au service des ambitions personnelles d'hommes puissants : « Tous ceux qui troublèrent l'État sous d'honorables prétextes, écrit l'historien Salluste (Ier siècle av. J.-C.), défense des droits du peuple pour les uns, accroissement de l'autorité impériale pour les autres, tous feignaient de soutenir l'intérêt public et luttaient en réalité pour leur carrière personnelle. » Les chefs de guerre, les *imperatores*, tiraient profit des opérations militaires qu'ils poursuivaient à la tête d'armées personnelles sur des théâtres d'opération de plus en plus éloignés pour constituer de vastes clientèles et asseoir leur charisme. Le renforcement de la compétition aristocratique conduisait à l'ouverture de nouveaux fronts et à l'acquisition de nouveaux territoires, tandis que, inversement, par une imbrication de facteurs caractéristiques de cette période troublée où s'enchevêtrent les événements militaires et politiques, la conquête alimentait la guerre civile et contribuait à dérégler le fonctionnement normal des institutions.
Un pas significatif fut franchi en 60 av. J.-C. lorsque Pompée, César et Crassus conclurent officieuse-

ment une alliance (le « premier triumvirat ») qui leur permettait de dominer le fonctionnement de la vie politique. Une trentaine d'années plus tard, en 31 av. J.-C., après sa victoire contre Marc Antoine et Cléopâtre à la bataille d'Actium, Octavien (le futur Auguste) acheva la lutte contre ses adversaires en intégrant l'Égypte à l'Empire. Avec la soumission du dernier royaume hellénistique indépendant, toutes les rives de la Méditerranée étaient désormais sous l'emprise d'un empire qui s'étendait également vers le Nord jusqu'aux côtes de la Manche, et entrait en contact en Orient avec l'Empire parthe. Au centre de cette vaste étendue, divisée en provinces dirigées par des gouverneurs, dominait le peuple vainqueur, non seulement Rome, la capitale, mais aussi l'ensemble de l'Italie, dont les habitants, précédemment considérés comme des alliés, avaient obtenu de haute lutte, au cours de la guerre sociale (90-88 av. J.-C.), de bénéficier de la citoyenneté romaine.

La victoire d'Octavien n'est probablement apparue à la plupart des contemporains que comme une nouvelle affirmation violente du pouvoir par un *imperator* au détriment de ses compétiteurs. Rétrospectivement, néanmoins, on peut être naturellement conduit à considérer cette date comme une rupture significative dans la construction d'un régime impérial dont les formes se préciseront au cours des années suivantes. Combien de transformations avaient-elles affecté le monde romain en un siècle d'une trame événementielle particulièrement serrée, éclairée de surcroît par une très riche documentation (la *Correspondance* de Cicéron nous permet parfois de suivre les aléas de la vie politique au jour le jour) ? Le processus d'hellénisation, qui s'était accéléré au siècle précédent touchait désormais tous les domaines de la vie sociale et culturelle, à commencer par la parure monumentale d'une capitale d'empire, transformée en véritable mégapole de près d'un million d'habitants.

142-140 av. J.-C.

L'insécurité grandit en Sicile en raison de l'accroissement du nombre d'esclaves. Le mouvement annonce la grande révolte servile de 135.

138 av. J.-C.

Soumission des Lusitaniens révoltés depuis 154.

135-133 av. J.-C.

Révolte servile dans l'Est de la Sicile. Elle est dirigée par Eunous, un captif syrien qui prend le titre de roi. Une campagne militaire de deux ans est nécessaire pour en venir à bout.

133 av. J.-C.

Le tribun Tibérius Sempronius Gracchus propose une loi agraire visant à récupérer des terres en Italie au détriment des grands possesseurs et à les redistribuer pour reconstituer une petite paysannerie. Un autre tribun, Marcus Octavius, oppose son véto à cette proposition. Tibérius Gracchus obtient des comices tributes la déposition de son collègue. En raison de cet acte révolutionnaire et à l'instigation du grand pontife Scipion Nasica, Tibérius Gracchus est assassiné au cours d'une émeute pendant l'été. La commission mise en place par la loi agraire débute néanmoins ses travaux.

Avril 133 av. J.-C.

Mort du roi de Pergame, Attale III. Il lègue son riche royaume à Rome.

133 av. J.-C.

Reddition de Numance qui met provisoirement un terme aux guerres contre les Celtibères (154-133). Cette cité fortifiée du Duero, assiégée depuis 143, avait résisté aux Romains jusqu'à ce qu'en 137, le Sénat y envoie le vainqueur de Carthage, Scipion Émilien (réélu consul avant le terme légal des dix ans consécutifs à son précédent consulat). Ce dernier organise un blocus méthodique de la ville jusqu'à sa reddition.

133-129 av. J.-C.

Aristonikos, demi-frère d'Attale III, revendique la succession au trône de Pergame. Il organise un soulèvement contre Rome et ses partisans dans la région. La création d'une Héliopolis, peuplée d'esclaves et de pauvres, ainsi que la présence à ses côtés de Blossius de Cumes, le précepteur de Tibérius Gracchus et de son frère, ont conduit à donner une signification politique à ce soulèvement d'origine sociale qui s'acheva par la victoire de Rome et l'organisation de la province d'Asie.

131 av. J.-C.

Lex tabellaria proposée par le tribun Papirius Carbo, qui instaure le vote secret des lois.

130 av. J.-C.

Le grand pontife Publius Mucius Scaevola met fin à la rédaction des *Annales* rédigées et affichées jusqu'à cette date par ses prédécesseurs. Elles sont publiées en quatre-vingt-six livres à une date incertaine (cf. p. 11).

128-126 av. J.-C.

À l'issue de la révolte d'Aristonikos (133-129), Marcus Aquilius, assisté d'une commission de dix sénateurs, organise la province d'Asie, formée sur les anciens territoires du royaume de Pergame. Éphèse devient la capitale.

125-124 av. J.-C.

Révolte de la colonie latine de Frégelles (Latium méridional, vallée du Liri). Frégelles est rasée. Sur son territoire, déduction de la nouvelle colonie de Fabrateria.

125-124 av. J.-C.

Opérations militaires en Gaule pour défendre Marseille face aux indigènes. Une garnison romaine est installée sur le site d'Aquae Sextiae (Aix).

123 av. J.-C.

Le tribun Gaius Sempronius Gracchus poursuit le projet de réforme de son frère (assassiné en 133). Il instaure des distributions de blé à la plèbe romaine (*lex Sempronia frumentaria*) et obtient le soutien de l'ordre équestre en confiant notamment aux chevaliers (publicains) la ferme des douanes d'Asie. Une loi judiciaire permet également aux chevaliers d'entrer dans la composition des tribunaux de jurys où ne siégeaient que des sénateurs. L'enjeu est de taille car c'est aussi devant ces tribunaux que se jouent les affrontements politiques. La composition de ces tribunaux fera l'objet de nombreuses lois jusqu'à la fin des guerres civiles. Une autre proposition de loi vise à attribuer la citoyenneté aux Latins et le droit latin aux alliés, selon un processus d'intégration à la citoyenneté romaine des habitants de l'Italie qui ne se réalisera qu'au prix de la guerre sociale (91-88).

123-121 av. J.-C.
Contrôle définitif des Baléares à l'issue de l'expédition de Métellus Balearicus. Deux colonies sont fondées sur Majorque : Palma et Pollentia (Alcudia).

122-121 av. J.-C.
Succès militaires de Quintus Fabius Maximus et Gaius Domitius Ahénobarbus contre les Allobroges et les Arvernes en Gaule.

122 av. J.-C.
Gaius Sempronius Gracchus obtient la réitération de son tribunat. Il poursuit son œuvre avec l'appui de Marcus Fulvius Flaccus et Caius Rubrius. Ce dernier propose notamment de lotir le sol de Carthage (détruite en 146), une mesure interprétée comme un acte d'impiété par ses adversaires.

121-120 av. J.-C.
La *via Domitia* est construite dans le Sud de la Gaule pour relier l'Espagne à l'Italie. Une nouvelle province est créée, la Gaule Narbonnaise.

118 av. J.-C.
Fondation de la colonie de droit romain de Narbonne dans le sud de la Gaule Transalpine. Elle devient le chef-lieu de la province.

114-110 av. J.-C.
Opérations militaires en Thrace et Macédoine contre les Scordisques (peuple d'origine gauloise).

113-105 av. J.-C.
Guerre contre Jugurtha en Afrique. Le roi de Numidie, Jugurtha, était le petit-fils de Massinissa, allié de Scipion l'Africain durant la deuxième guerre punique, et lui-même avait participé au siège de Numance (143-133). Il élimine ses rivaux et fait exécuter un grand nombre de commerçants italiens après la prise de Cirta (112). Après des tentatives de négociations (Jugurtha se rend à Rome en 111, où il assassine son cousin Massiva), la guerre reprend au printemps 110, sous la conduite de Métellus (109-106), puis de Marius (consul en 107). Trahi et livré à Sylla par son beau-père Bochus Ier, roi de Maurétanie, en 105, Jugurtha est exécuté l'année suivante. La Numidie n'est pas annexée, mais elle accueille un grand nombre de marchands italiens, tandis que la Maurétanie devient un royaume ami.

113-102 av. J.-C.
Invasion des Cimbres et des Teutons. Ces peuples germains venus du Jutland pénètrent en Norique chez un peuple allié des Romains, les Taurisques. Les légions commandées par le consul Papirius Carbo sont massacrées à la bataille de Noreia (Neumarkt, en Autriche) en 113. Les expéditions envoyées dans le Sud de la Gaule échouent successivement entre 109 et 105 (bataille d'Arausio). Les Cimbres entrent en Espagne où ils sont refoulés par les Celtibères. Le commandement est confié à

Caius Marius qui remporte une victoire contre les Teutons à proximité d'Aix (102), puis contre les Cimbres à Vercellae (101). À l'occasion de ces opérations militaires, Marius fait creuser un canal joignant la mer au Rhône (*fossae marianae*).

107 av. J.-C.

Premier consulat de Marius, réélu tous les ans entre 104 et 101. Avant de gagner l'Afrique pour conduire la guerre contre Jugurtha (113-104) il engage une réforme décisive de l'armée romaine, en enrôlant une armée de volontaires, y compris parmi les plus pauvres (en principe exclus du classement censitaire). L'armée romaine dont le recrutement était jusqu'alors fondé sur une conscription déterminée par le cens devient une armée de métier. Fondée sur le clientélisme, cette nouvelle armée sera l'instrument des *imperatores* jusqu'à la victoire d'Octavien en 31 av. J.-C.

106 av. J.-C.

Loi judiciaire de Quintus Servilius Caepio, qui rétablit le monopole des sénateurs dans la composition des tribunaux de jurys (*quaestiones*).

104-102 av. J.-C.

Seconde guerre servile en Sicile et en Campanie.

1er janvier 104 av. J.-C.

Triomphe de Marius. Devant son char défile Jugurtha, fait prisonnier l'année précédente à l'issue de la guerre de Numidie (113-105). Le roi numide sera bientôt exécuté dans la prison du Capitole.

103 av. J.-C.
Premier tribunat d'Appuleius Saturninus. Ce tribun « démagogue » propose une loi frumentaire autorisant l'État à vendre le blé en dessous du prix du marché, une loi agraire permettant à Marius de distribuer à ses vétérans des lots de terre en Afrique et une loi inculpant de haute trahison (*maiestas*) ceux qui s'opposeraient au vote des lois populaires.

102 av. J.-C.
Les *optimates* (défenseurs des intérêts de l'aristocratie, par opposition aux *populares*, défenseurs des revendications du peuple) conduits par Métellus tentent d'obtenir l'exclusion du sénat de Saturninus.

101 av. J.-C.
Trois figures principales des *populares* s'allient pour l'obtention de magistratures : Marius est réélu consul, Glaucia est élu préteur et Saturninus tribun.

101 av. J.-C.
Victoire de Marius à Vercellae. Le danger des Cimbres, qui avaient pénétré dans le Nord de l'Italie (113-101), est écarté.

100 av. J.-C.
Sixième consulat de Marius et second tribunat de Saturninus. Ce dernier propose une loi agraire. Métellus refuse de prêter serment pour le respect d'une loi dont le vote a été obtenu par la violence. Il part en exil à Rhodes (jusqu'en 98). Au cours des élections consulaires pour l'année 99, des violences sont commises par les partisans de Glaucia et

Saturninus. Marius et les chevaliers se rallient au sénat qui prononce l'état d'urgence (*senatus consultum ultimum*). Marius ramène l'ordre, Saturninus et Glaucia sont tués.

96 av. J.-C.
Par testament, le roi de Cyrène, Ptolémée Apion, remet aux Romains les droits de souveraineté tandis que les cités du royaume sont déclarées libres. La formation de la province de Cyrénaïque (actuelle Libye) n'interviendra qu'en 74.

92 av. J.-C.
Par un édit des censeurs, les écoles de rhéteurs latins sont fermées.

91 av. J.-C.
Le tribun de la plèbe Livius Drusus propose d'accorder la citoyenneté aux Italiens. Sa proposition est repoussée et il est assassiné. Les Italiens se soulèvent.

91-88 av. J.-C.
Guerre sociale. Il s'agit du conflit le plus important sur le sol italien depuis la guerre d'Hannibal (218-202). Dix légions au moins ont été engagées contre les Italiens soulevés pour l'obtention du droit de cité (Marses et Picentins au nord, Samnites et Lucaniens au sud). Lucius Julius César, Cnaeus Pompeius Strabo, Marius et Sylla remportent des succès, mais Rome concède finalement la citoyenneté aux Italiens, tandis que les habitants de la Gaule Cisalpine acquièrent le droit latin.

89 av. J.-C.
Le roi du Pont, Mithridate VI Eupator, envahit les deux royaumes voisins de Cappadoce et Bithynie. Il bat les troupes romaines et exécute le légat Manius Aquilius. Cet épisode marque le départ de guerres intermittentes entre Mithridate et Rome durant un quart de siècle, jusqu'à la défaite et la mort du roi en 63.

89 av. J.-C.
Par tirage au sort, le commandement de la guerre contre Mithridate est attribué au consul Sylla.

88 av. J.-C.
Obéissant à un ordre du roi, les cités anatoliennes mettent à mort quatre-vingt mille Romains et Italiens, des négociants en particulier, rendus impopulaires par leur rapacité. La cité d'Athènes se déclare en faveur du roi du Pont contre Rome.

88-85 av. J.-C.
Première guerre contre Mithridate. Sylla parvient à chasser de Grèce le roi du Pont. Athènes est mise à sac par l'armée romaine en 86. L'équilibre antérieur est rétabli par la paix de Dardanos en 85. Les richesses et la puissance accumulées par Sylla en Orient lui permettront d'affronter ensuite ses ennemis à Rome (83).

88 av. J.-C.
Le tribun Sulpicius Rufus fait voter plusieurs lois en faveur du peuple, des affranchis et des Italiens, des chevaliers, des exilés. Il retire le commandement de la guerre contre Mithridate à Sylla pour le remettre à

Marius. Sylla, qui se trouvait en Campanie, marche sur Rome à la tête de son armée. Marius prend la fuite, Sulpicius est tué et sa législation abolie. Sylla engage son programme de réformes constitutionnelles réduisant le pouvoir des comices et renforçant le poids du sénat (*auctoritas patrum*).

87 av. J.-C.
Le consul Cinna, déposé à l'issue d'une émeute, prend la fuite et lève une armée. Bientôt rejoint par Marius qu'il nomme proconsul et soutenu par les armées de Sertorius et Carbo, il fait le siège de Rome. La ville affamée est prise, le parti adverse massacré, Sylla déclaré ennemi public. Cinna et Marius sont désignés consuls pour 86, mais le second meurt aussitôt (17 janvier 86).

84 av. J.-C.
Cinna est tué par ses soldats alors qu'il conduisait une armée contre Sylla.

84 av. J.-C.
Après plusieurs années de discussions, consécutives à l'octroi de la citoyenneté aux Italiens à l'issue de la guerre sociale (91-88 av. J.-C.), ceux-ci sont inscrits dans les trente-cinq unités de vote, les tribus. En l'absence de système représentatif, les nouveaux citoyens doivent se rendre à Rome pour voter.

Printemps 83 av. J.-C.
Ayant laissé son légat Lucius Murena en Asie, Sylla débarque à Brindisi. Il est rejoint par Métellus et reçoit également le soutien du jeune Pompée qui avait levé dans le Picenum les clientèles à son service.

83-82 av. J.-C.
Deuxième guerre contre Mithridate et guerre civile.

1er novembre 82 av. J.-C.
Sylla entre dans Rome et déclenche la proscription de ses adversaires : par voie d'affichage, la mise à mort de quatre-vingts sénateurs et quatre cent quarante chevaliers est exigée contre récompense.

82 av. J.-C.
Lex Valeria qui octroie à Sylla le titre de « dictateur à pouvoir législatif et constituant » pour une durée illimitée. Cette mesure lui confère, outre la légalisation de ses actes passés, des pouvoirs exceptionnels (droit de vie et de mort, droit de partager les terres publiques et créer des colonies etc...). Son œuvre constitutionnelle, poursuivie jusqu'en 79, vise à affaiblir le tribunat et à renforcer les pouvoirs du sénat.

80-71 av. J.-C.
Gouverneur de l'Espagne entre 83 et 81, le marianiste Sertorius entre en dissidence, y lève une armée de Lusitaniens en 80 et résiste jusqu'à son assassinat en 72.

Vers 80 av. J.-C.
Publication de la *Rhétorique à Hérennius*, ouvrage qui témoigne d'une latinisation des théories grecques de l'art oratoire, considéré comme une arme pour le combat politique.

78-75 av. J.-C.
Plusieurs campagnes sont menées contre la piraterie en Méditerranée.

78 av. J.-C.
Sylla décide d'abdiquer. Il meurt la même année.

78-77 av. J.-C.
Pompée réprime le soulèvement du consul Lépide en Italie.

74 av. J.-C.
Marc Antoine conduit une campagne contre les pirates en Méditerranée orientale.

74 av. J.-C.
Mithridate, allié à Tigrane II d'Arménie, envahit la Bithynie, ainsi que la province d'Asie qui offre une plus forte résistance qu'en 88. Ainsi débute la troisième guerre contre Mithridate (74-63). Le commandement de la guerre est alors confié à Lucullus (il le garde jusqu'en 68).

72 av. J.-C.
Sertorius est assassiné par Perpenna qui l'avait rejoint en 77. Ce dernier poursuit la lutte un an avant d'être assassiné à son tour.

72-71 av. J.-C.
Révolte servile (cent cinquante mille hommes environ) dirigée par Spartacus. Depuis le Sud de l'Italie qu'ils pillent, les révoltés tentent de gagner le Nord, dans l'intention probable de franchir les Alpes. Investi d'un pouvoir proconsulaire l'ancien préteur Marcus Licinius Crassus, à la tête de dix légions, vient à bout des insurgés dont une partie est également éliminée par Pompée. Des débris des troupes

de Spartacus tiennent encore la campagne près de Thourion en 62.

71 av. J.-C.
Lucullus conquiert le royaume du Pont, il bat Mithridate à la bataille du Granique et prend la ville de Tigranocerte.

71 av. J.-C.
Pompée achève la pacification de l'Espagne.

70 av. J.-C.
Consulat de Pompée et de Crassus. Loi sur les tribuns de la plèbe dont l'autorité est restaurée, contre les mesures prises par Sylla. *Lex Plotia agraria* qui assigne des terres aux vétérans des guerres contre Sertorius.

70 av. J.-C.
Réforme des tribunaux. Les jurys sont désormais composés pour un tiers de sénateurs, pour un autre de chevaliers, pour le dernier de tribuns de l'*aerarium* (trésor du peuple romain).

70 av. J.-C.
Cicéron met en accusation pour détournement de fonds l'ancien gouverneur de Sicile, Verrès.

70-69 av. J.-C.
Les opérations de recensement liées à l'inscription des Italiens dans les trente-cinq tribus (84) sont achevées. On compte alors 910 000 citoyens, soit le double du chiffre antérieur à la guerre sociale (91-89).

68 av. J.-C.
Campagne de Quintus Caecilius Métellus contre les pirates (occupation de la Crète).

68 av. J.-C.
Préture de Varron (116-27). Le plus grand érudit du dernier siècle de la République a rédigé une œuvre très vaste (soixante-quatorze titres connus, divisés en plus de six cents livres) et hétérogène, presque entièrement disparue. Son prestige se maintint jusque dans l'Antiquité tardive. Ses *Antiquités* sont l'une des sources de saint Augustin dans la *Cité de Dieu* (413 apr. J.-C.).

Printemps 67 av. J.-C.
Grâce à la *lex Gabinia* qui lui confère pour trois ans un commandement suprême sur toutes les mers et toutes les côtes jusqu'à 50 milles (70 km) à l'intérieur des terres, du Bosphore à Gibraltar, Pompée éradique la piraterie en Méditerranée.

66 av. J.-C.
Pompée reçoit par une *lex Manilia* un commandement militaire (*imperium*) pour une durée illimitée afin de conduire la guerre contre Mithridate.

66 av. J.-C.
En Gaule, révolte des Allobroges matée par Caius Calpurnius Piso.

65 av. J.-C.
Pompée chasse Mithridate de son royaume. Il conquiert l'Asie Mineure et l'Arménie.

64 av. J.-C.
Pompée soumet la Syrie.

63 av. J.-C.
Pompée soumet la Judée. Mort de Mithridate et fin des opérations militaires en Orient. Pompée procède à l'organisation de l'Asie désormais romaine.

63 av. J.-C.
Conjuration de Catilina réprimée par le consul Cicéron. Au cours de plusieurs débats au sénat (recomposés dans les *Catilinaires*), Cicéron plaide pour la mise à mort des conjurés. Il les fait exécuter en décembre, grâce aux pouvoirs exceptionnels que lui conférait l'état d'urgence (*senatus consultum ultimum*) et en dépit des droits légalement reconnus aux citoyens romains de bénéficier d'un jugement devant le peuple en cas de poursuite capitale.

62-61 av. J.-C.
En Gaule, nouvelle révolte des Allobroges réprimée par Caius Pomptinus.

28-29 septembre 61 av. J.-C.
De retour en Italie, après avoir licencié son armée (janvier), Pompée célèbre son triple triomphe sur l'Orient, le plus fastueux que Rome ait connu jusque-là. Il engage bientôt la construction d'un vaste complexe architectural sur le Champ de Mars associant un théâtre (le premier édifice de ce type construit en pierre à Rome), un temple dédié à Vénus *victrix*, un portique et une nouvelle Curie. Le théâtre sera inauguré en 55.

60 av. J.-C.
Les deux Gaules (Cisalpine et Transalpine) sont déclarées provinces consulaires, sans doute pour organiser le commandement militaire face aux ambitions des Germains d'Arioviste.

60 av. J.-C.
César conclut un pacte secret avec Crassus et Pompée, mis en forme quatre ans plus tard par les accords de Lucques (56). Cet accord à parfois été désigné sous le nom de « premier triumvirat », en référence au partage du pouvoir de 43.

59 av. J.-C.
Premier consulat de César. Le plébiscite Vatinien lui accorde pour cinq ans, de manière exceptionnelle, le gouvernement de la Gaule Cisalpine, de l'Illyricum et de la Gaule Transalpine.

58-51 av. J.-C.
Guerres de César en Gaule. Les opérations décrites par César lui-même dans la *Guerre des Gaules* se déroulent en trois phases. En 58 (printemps-été), César refoule la migration des Helvètes et bat le Germain Arioviste qui exerçait une poussée sur eux. Durant les cinq années suivantes (57-53), les opérations visent des objectifs lointains (Belges, Vénètes, Aquitains), tandis que l'armée de César franchit le Rhin contre les Germains, puis la Manche contre les Bretons. Les deux dernières années de la guerre (53-52) sont principalement consacrées à réprimer les peuples gaulois unis derrière Vercingétorix, vaincu à Alésia. Deux opérations sont encore nécessaires

contre les Germains (automne 53) et les Belges (printemps 51).

58 av. J.-C.
Tribunat de la plèbe de Publius Clodius, adversaire de Cicéron. Il obtient la condamnation de ce dernier, accusé d'avoir mis à mort des citoyens romains sans jugement lors de la répression de la conjuration de Catilina (63). Frappé d'une « interdiction de l'eau et du feu » sanctionnant son départ, Cicéron est exilé.

Septembre 57 av. J.-C.
Pompée obtient le retour de Cicéron à Rome.

Mars 56 av. J.-C.
Rencontre de Lucques. Le triumvirat entre Crassus, Pompée et César est renouvelé. Crassus et Pompée décident de se présenter au consulat, en visant à faire reconduire pour un deuxième quinquennat le commandement provincial de César. Crassus obtient pour 54 av. J.-C. le gouvernement de la province de Syrie et Pompée obtient les provinces ibériques, mais il demeure à Rome.

53 av. J.-C.
Émeutes à Rome. Les consuls sont élus seulement au mois de juillet.

Été 53 av. J.-C.
L'armée de Crassus qui avait lancé une offensive en Mésopotamie contre les Parthes est massacrée par ces derniers à la bataille de Carrhae.

52 av. J.-C.
En janvier, Clodius est tué au cours d'une bataille entre ses bandes et celles de Milon. Ses partisans incendient la Curie. Le sénat demande l'aide de Pompée qui est élu par le peuple consul unique. Pompée entre à Rome et fait engager de nombreuses poursuites judiciaires pour violence, contre les partisans de Clodius, ou contre ceux de Milon. Milon lui-même doit partir en exil à Marseille.

51 av. J.-C.
César publie ses *Commentaires sur la guerre des Gaules*.

49 av. J.-C.
Les sénateurs ordonnent à César de congédier son armée. César franchit le Rubicon avec ses troupes (12 janvier). Les tribuns de la plèbe Marc Antoine et Quintus Cassius le rejoignent. Déclenchement de la guerre civile.

49-46 av. J.-C.
Guerre civile entre César et Pompée.

49 av. J.-C.
Pompée passe en Épire pour constituer une armée grâce à ses clientèles orientales. César se rend en Espagne pour affronter les Pompéiens : il les bat à Ilerda (Lerida). Puis il retourne en Italie.

49 av. J.-C.
César octroie la citoyenneté romaine à toute la Gaule Cisalpine.

Août 48 av. J.-C.
Bataille de Pharsale qui se solde par la victoire de César. Pompée se réfugie en Égypte, mais Ptolémée XIII le fait tuer, dans l'espoir d'obtenir le soutien de César contre sa sœur Cléopâtre. César se rend en Égypte où il prend le parti de Cléopâtre. Révolte des Alexandrins. Ptolémée est battu, il meurt en janvier 47. Cléopâtre est reine d'Égypte.

47 av. J.-C.
Nouveaux désordres à Rome provoqués par les débiteurs. Ils sont réprimés par le maître de cavalerie, Marc Antoine.

46 av. J.-C.
Tentative de Pharnace, fils de Mithridate, roi du Bosphore Cimmérien (Crimée), de restaurer le royaume du Pont. Campagne éclair de César qui bat Pharnace à Zela (août) puis rentre à Rome.

46 av. J.-C.
César se rend en Afrique. En février, il bat les pompéiens et les républicains (bataille de Thapsus). Suicide à Utique du républicain Caton. César (désormais dictateur pour dix ans) rentre à Rome où il célèbre son quadruple triomphe.

45 av. J.-C.
César adopte et désigne comme héritier son neveu Octavien, le futur Auguste (né en 63). Il bat en Espagne, à la bataille de Munda (mars) les enfants de Pompée, Gnaeus et Sextus, qui avaient pris la tête des armées de leur père. Gnaeus est tué, Sextus tient encore l'Espagne Ultérieure. César, rentré à Rome, y

célèbre un autre triomphe (le premier admis pour une victoire sur des citoyens romains) et élabore le projet d'une expédition contre les Parthes.

44 av. J.-C.

César dictateur à vie. Il reçoit plusieurs privilèges liés au tribunat de la plèbe (inviolabilité, droit de véto). À l'occasion de la fête des Lupercales (février), Antoine cherche à poser une couronne sur la tête de César qui la refuse, mais ce geste est interprété comme un premier essai pour devenir roi. Conjuration pour tuer César (Gaius Cassius Longinus, Marcus Junius Brutus, Décimus Junius Brutus Albinus).

44 av. J.-C.

César est assassiné dans la *Curia Pompeia* (15 mars). Les conjurés entament des négociations avec le consul Marc Antoine et le maître de cavalerie du dictateur défunt, Lépide. Les actes de César sont ratifiés, une amnistie est proclamée (17 mars). Le testament que César avait déposé dans le temple de Vesta désigne son neveu, Octavien, comme son héritier (19 mars). Celui-ci devient Caius Iulius Caesar Octavienus. Lors des funérailles de César, la foule s'empare de son cadavre et dresse un bûcher sur le Forum (20 mars). Au lendemain de cette manifestation d'adulation, les conjurés quittent la Ville les uns après les autres. Octavien fait son entrée dans Rome (mai), où il se heurte bientôt à la concurrence de Marc Antoine. Ce dernier déclare la guerre aux deux principaux conjurés, Brutus et Cassius (août).

44 av. J.-C.
Cicéron publie le *De officiis*. Influencé par l'œuvre du stoïcien Panétius, l'ouvrage propose une morale pratique, inspirée d'universalisme.

43 av. J.-C.
Octavien est coopté au sénat (1er janvier). Cicéron pense pouvoir utiliser l'ambition du jeune homme contre Antoine. La tentative fait long feu mais conduit à la guerre de Modème où Marc Antoine est battu par Octavien et les consuls Hirtius et Pansa, tous deux tués sur le champ de bataille. Abandonnant Cicéron, Octavien se rapproche d'Antoine. Avec Lépide, ils forment officiellement le second triumvirat (novembre), pour une durée prévue de cinq ans (il sera renouvelé en 37). La *lex Pedia* prononce une « interdiction de l'eau et du feu » contre les assassins de César. Elle est bientôt suivie d'une proscription visant, sur le modèle syllanien (82 av. J.-C.), tous les ennemis des triumvirs (trois cents victimes).

42 av. J.-C.
Bataille de Philippes. Défaite de Brutus et Cassius qui s'étaient emparés des provinces orientales et des armées qui y étaient stationnées. Ils se suicident. Le fils survivant de Pompée, Sextus Pompée, contrôle la Sicile. Les triumvirs se partagent le monde romain : Lépide garde l'Afrique, Antoine la Gaule et l'Orient, Octavien le reste de l'Occident (avec la mission délicate d'y installer les vétérans). L'Italie est indivise.

42-39 av. J.-C.
Virgile publie son premier recueil poétique, les *Bucoliques*. Inspiré de l'œuvre hellénistique de

Théocrite, il introduit à Rome le genre de la pastorale. Dans un paysage où la Grèce est mêlée à la campagne romaine, des bouviers (*boucoloi*) chantent leurs amours.

41 av. J.-C.

Antoine parcours et réorganise les provinces orientales. Il rencontre Cléopâtre à Tarse puis se rend à Alexandrie (hiver 41-40 av. J.-C.). En Italie, Octavien est confronté à des difficultés dans l'assignation des terres aux vétérans de Philippes.

41-40 av. J.-C.

Guerre de Pérouse. Lucius Antonius et Fulvia (le frère et la femme de Marc Antoine) tentent, à l'aide de l'armée des Gaules, de s'opposer à Octavien. Enfermés dans Pérouse, ils doivent bientôt capituler. Octavien se rend en Gaule.

40 av. J.-C.

Accords de Brindes. Tout l'Occident revient à Octavien, tout l'Orient à Antoine et l'Afrique à Lépide. Fulvia étant morte, Antoine épouse la sœur d'Octavien, Octavia. Octavien épouse Scribonia, l'arrière-petite-fille de Pompée (été), dans la perspective d'un accord avec Sextus Pompée.

39 av. J.-C.

Accords du cap Misène. Le gouvernement de la Corse, de la Sardaigne et de la Sicile est octroyé à Sextus Pompée. Séjour d'Antoine et d'Octavia à Athènes.

39 av. J.-C.
Le général d'Antoine, Publius Ventidius, bat les Parthes. Campagnes d'Agrippa (ami d'Octavien) en Gaule.

38 av. J.-C.
Renouvellement des accords triumviraux pour cinq ans à partir du 1er janvier. Le 17 janvier, Octavien épouse Livia Drusilla, la mère du futur empereur Tibère. Nouveaux affrontements entre Octavien et Sextus Pompée. Bataille navale au large de Cumes. La flotte d'Octavien est battue dans les eaux du détroit de Messine.

38 av. J.-C.
En Orient, Ventidius bat Pacorus, le fils du roi des Parthes. D'autres généraux d'Antoine remportent des victoires militaires en Syrie et en Arménie.

Été 37 av. J.-C.
Accords de Tarente. Octavien obtient d'Antoine des aides en navires et le champ libre pour se battre contre Sextus Pompée.

37 av. J.-C.
Le général de Marc Antoine, Caius Sosius, prend Jérusalem et place Hérode le Grand sur le trône. Marc Antoine réorganise l'Orient par l'intermédiaire de rois clients et en confiant divers territoires à Cléôpatre qu'il épouse à Antioche. Il reconnaît être le père des jumeaux auxquels elle a donné naissance.

37-29 av. J.-C.
Virgile rédige les *Géorgiques*. L'œuvre, dédicacée à

Mécène, célèbre la vie heureuse, mais précaire, des paysans « loin des armes discordantes » (II, 459).

36-34 av. J.-C.
Expédition d'Antoine contre les Parthes.

36 av. J.-C.
Campagne des triumvirs Octavien et Lépide contre Sextus Pompée. La bataille décisive a lieu au large de Nauloque, au Nord-Est de la Sicile (3 septembre) : Sextus Pompée est battu par Agrippa. Lépide cherche à s'emparer de la Sicile, mais la tentative échoue. Le titre de triumvir lui est enlevé, ainsi que la province d'Afrique. Sextus Pompée fuit en Asie où il est capturé et exécuté par Marcus Titius, gouverneur d'Asie et partisan d'Antoine (35).

35-34 av. J.-C.
Campagnes d'Octavien en Illyrie.

35 av. J.-C.
Retraite de Marc Antoine à travers l'Arménie. Il retrouve Cléopâtre sur la côte phénicienne.

35 av. J.-C.
Mort de l'historien Salluste, auteur de la *Conjuration de Catilina*, de la *Guerre de Jugurtha* et des *Histoires*. Il ne reste que des fragments de la troisième œuvre, inachevée.

34 av. J.-C.
Marc Antoine envahit l'Arménie et célèbre un triomphe à Alexandrie, où il distribue des royaumes à Cléopâtre et à ses fils.

32 av. J.-C.

Les accords du triumvirat arrivent à échéance. Antoine répudie Octavia. Octavien fait connaître à Rome le testament d'Antoine, avec les legs destinés aux fils de Cléopâtre. Les cités d'Italie et d'Occident prêtent serment à Octavien. Rome déclare la guerre à la reine d'Égypte. Antoine et Cléopâtre passent l'hiver en Grèce.

31 av. J.-C.

Afin d'éviter un engagement terrestre sur le sol italien, Octavien porte ses troupes à la rencontre de celles réunies par Marc Antoine et Cléopâtre en Épire, sur le golfe d'Ambracie. L'armée d'Orient est ainsi bientôt coupée de son ravitaillement et réduite de moitié par les désertions. Au large d'Actium (2 septembre), la flotte de Marc Antoine et Cléopâtre est battue par celle que commandait Agrippa, l'ami et principal lieutenant d'Octavien. Sur terre, les légions se rendent au vainqueur. Agrippa est envoyé à Rome aux côtés de Mécène pour y exercer l'autorité, pendant qu'Octavien poursuit Marc Antoine et Cléopâtre qui ont fui en Égypte.

CHRONOLOGIE DE la Rome antique

31 av. J.-C.-192 apr. J.-C.

En 13 av. J.-C., l'empereur Auguste rentra à Rome, après plusieurs campagnes de pacification en Gaule et en Espagne. En son honneur, le sénat décida d'ériger un autel monumental (l'*Ara Pacis Augustae*) pour célébrer le nouvel âge d'or : suivant la volonté des dieux, Auguste assurait le retour de la piété envers eux-mêmes et de la paix parmi les hommes. Placé sur le Champ de Mars, à proximité du mausolée construit peu de temps auparavant par le fils adoptif de César, cet « autel de la Paix auguste » fut dédié quatre ans plus tard, le 30 janvier 9 av. J.-C., jour de l'anniversaire de l'impératrice Livie, sa troisième épouse. Cette imitation dans le marbre d'un simple autel rupestre jouxtait un gigantesque cadran solaire constitué d'un obélisque dont la flèche d'ombre, chaque année, pénétrait dans l'enceinte de l'autel, précisément le jour de l'équinoxe d'automne (23 septembre), qui marquait également l'anniversaire du prince.

Les allégories en bas-relief qui décorent les parois de ce monument renforcent le sens de l'ensemble du dispositif (retour aux origines et éternité de Rome, rétablissement de l'équilibre cosmique). L'un des panneaux présente également une procession des membres de la famille impériale, délivrant un message à caractère dynastique où est exprimée la prééminence des vainqueurs de la bataille d'Actium au détriment de la branche familiale rattachée à Marc Antoine : la victoire, remportée grâce à Apollon en 31 av. J.-C., point de départ officiel du nouvel âge d'or, est aussi l'affirmation du pouvoir d'une lignée, au sein de l'ordre sénatorial.

Et pourtant, la fiction de la restauration de l'État sous sa forme traditionnelle et l'évitement d'une expression monarchique du pouvoir qui avait coûté la vie à César, empêchèrent le fondateur du principat de mettre délibérément en place un principe dynastique, comparable, par exemple, aux royaumes de l'Europe moderne : Auguste n'était théoriquement que le *princeps*, entendons le « premier » parmi ses pairs, les sénateurs.

Certes, les règnes d'Auguste et de ses successeurs du Haut-Empire sont généralement regroupés en trois époques, correspondant, dit-on, à trois « dynasties ». Au cours de chacune d'entre elles, en effet, les empereurs furent issus d'un même cercle de parenté : les Julio-Claudiens tout d'abord, les Flaviens ensuite (Vespasien affirma d'emblée sa volonté que ses deux fils lui succèdent), les Antonins enfin (l'adoption servit alors de substrat au principe du « choix du meilleur », jusqu'à ce que Marc Aurèle désigne son fils biologique Commode, « né dans la pourpre », pour lui succéder).

Cependant, les déboires d'Auguste pour la désignation de son héritier, l'assassinat de Caligula et le rocambolesque avènement de Claude en 41, la guerre civile de 69, l'assassinat de Domitien en 96, l'empoisonnement de Commode en 192 et la guerre civile qui suivit les trois petits mois de règne de son successeur, Pertinax, en 193, chacune de ces conjonctures révèle les difficultés de la transmission du pouvoir entre ces monarques qu'étaient, de fait, les empereurs. Les intrigues de cour, les menées de la garde prétorienne, l'ambition des généraux qui commandaient les légions cantonnées sur les frontières tinrent une place décisive dans la chronique des règnes, bien plus que l'expression formelle de la volonté du sénat ou les manifestations d'un peuple désarmé et dépourvu désormais de toute représentation institutionnalisée.

Pourtant, en comparaison des violences civiles et des guerres qui touchèrent l'empire aux siècles suivants, la période ici considérée mérite assurément d'être désignée comme celle de la « paix romaine ». Son apogée se situe dans la première moitié du IIe siècle, sous les premiers Antonins. Bien sûr, le calme apparent de l'Empire provient partiellement des silences de la documentation : à Rome, par exemple, toute trace d'incendie, d'inondations, d'épidémie, d'émeute semble alors disparaître, en raison sans doute de l'absence de récits aussi précis que ceux qui ont été conservés pour le Ier siècle.

Bien sûr, les difficultés aux frontières n'ont pas manqué et des révoltes ont ensanglanté les provinces. Bien sûr, la sécurité de l'empire, pérenne en apparence, tenait-elle plus à des causes conjoncturelles que structurelles : la pression conjointe des barbares en Europe et des Perses en Orient n'adviendra qu'au siècle suivant. Pourtant, si un regard critique permet aujourd'hui d'identifier les traits d'une idéalisation dans le fameux discours d'Aelius Aristide, l'*Éloge de Rome* (prononcé en

144), il n'en demeure pas moins que l'Empire romain dont l'extension ne s'était pas complètement arrêtée, apparaissait comme une réalisation inédite, un édifice solide dont la cohésion se renforçait sans cesse. Celle-ci tenait sans doute à l'efficacité d'une administration provinciale, commandée depuis Rome, mais relayée par l'autorité traditionnelle des cités, ainsi qu'au poids relativement léger de la pression fiscale.

La diffusion de la citoyenneté à des individus ou à des communautés (son attribution universelle n'adviendra qu'en 212) s'accompagnait également d'une intégration des populations qui tout en conservant certaines traditions (juridiques, religieuses, vestimentaires...) se conformaient au modèle romain. La diffusion de celui-ci était matériellement assurée par l'urbanisme, l'architecture, la réalisation d'infrastructures. Cet empire méditerranéen constitua alors une « économie monde » à l'intérieur de laquelle prirent place progressivement les provinces.

Dans le sillage de la conquête et des prises de guerre, l'Italie avait connu au Ier siècle av. J.-C. un véritable « boom commercial », ses produits s'exportaient en quantité outre-mer. À la fin du siècle suivant, la céramique italienne, par exemple, a presque disparu, tandis que les sigillées claires africaines se répandent sur les rives de la Méditerranée. Parallèlement, les productions gauloises gagnent la Bretagne et suivent les cours du Rhin et du Danube. Au-delà des frontières, même, des contacts sont pris avec des mondes lointains, comme l'attestent la route de l'ambre en direction de la Baltique, la route de la soie en direction de la Chine, le trafic maritime entre les rives de la mer Rouge, ou la diffusion de monnaies romaines en Asie du Sud.

30 av. J.-C.

L'armée d'Octavien prend Alexandrie (1er août), tandis que Marc Antoine et Cléopâtre se suicident. L'Égypte est intégrée à l'Empire romain : elle relève directement de l'autorité d'Octavien qui la gouverne par l'intermédiaire d'un préfet (le premier détenteur de la charge est le poète Cornélius Gallus). Après la prise d'Alexandrie, le sénat accorde à Octavien divers pouvoirs renforçant son autorité, notamment l'inviolabilité tribunicienne.

29 av. J.-C.

Les portes du temple de Janus sont fermées pour signifier le retour à une paix universelle (11 janvier), comme elles le seront à deux autres reprises sous le même règne, en 25 et 13 (ou en 3 ?) av. J.-C. Ce rite, accompli une première fois sous Numa selon la tradition, n'est attesté sous la République qu'en 235 av. J.-C. Après avoir réorganisé l'Orient et la Grèce, Octavien rentre à Rome. Il y célèbre un triple triomphe pour les victoires remportées en Illyricum, à Actium et à Alexandrie. Cette cérémonie clôt un cycle de vingt ans de guerres civiles.

29 (28 ?) av. J.-C.

Vitruve dédicace son traité *De architectura* à Octavien. Cet ouvrage rédigé durant dix ans (de 35 à 25 av. J.-C.), transmis par plus d'une centaine de manuscrits, a eu une influence considérable à partir de la Renaissance sur la théorie esthétique et l'architecture modernes.

28 av. J.-C.
Octavien procède au recensement du corps civique et à une normalisation des effectifs du sénat (*lectio senatus*).

27 av. J.-C.
À l'occasion de deux séances au sénat (13 et 16 janvier), Octavien déclare déposer les pouvoirs exceptionnels qui lui ont été conférés au cours des années précédentes et restituer au peuple et au sénat la direction de l'État (*Res publica*). Sur l'insistance des sénateurs, il accepte pour une durée de dix ans un *imperium* proconsulaire qui lui permet de continuer à commander l'armée. Il reçoit également le titre honorifique d'Auguste (Octavien sera dorénavant désigné sous ce nom).

27-25 av. J.-C.
Expéditions d'Auguste, en Gaule d'abord, puis en Espagne où les Cantabres se sont soulevés. La guerre se poursuivra jusqu'en 19 av. J.-C.

25 av. J.-C.
Pour la deuxième fois sous le règne d'Auguste, comme quatre ans auparavant, les portes du temple de Janus sont fermées en raison de la fin de la guerre cantabrique qui en avait causé la réouverture.

23 av. J.-C.
Conjuration de Caepio et Murena. Auguste reçoit la puissance tribunicienne à vie. Son *imperium*

proconsulaire devient *maius* (supérieur à celui des gouverneurs de province) et *infinitum* (sans limitation territoriale). Agrippa reçoit, quant à lui, un *imperium* proconsulaire pour cinq ans.

22-19 av. J.-C.
Auguste séjourne essentiellement en Orient.

20 av. J.-C.
Le roi des Parthes, Phraates IV, restitue les enseignes des légions et les prisonniers pris à Carrhae en 53 et lors des défaites d'Antoine.

21 av. J.-C.
Agrippa épouse Julie, la fille d'Auguste. Ce lien matrimonial renforce sa position dans l'État aux côtés du *princeps*.

20 av. J.-C.
Agrippa se rend en Gaule où il conduit une expédition sur le Rhin contre les Germains.

19 av. J.-C.
Agrippa bat les Astures et les Cantabres en Espagne. Lucius Cornélius Balbus célèbre un triomphe à Rome pour ses victoires contre des tribus berbères de Libye (les Guaramantes) : il est le dernier sénateur à célébrer un triomphe. Le prince, ou éventuellement les membres de sa famille, auront désormais le monopole de cette cérémonie.

19 av. J.-C.
Morts des poètes Virgile, qui achevait la rédaction de l'*Énéide*, et Tibulle, dont les *Élégies* ont été rédigées au cours des sept années précédentes.

18 av. J.-C.
Train de lois (sur le mariage des sénateurs et des chevaliers, contre l'adultère, contre le luxe…) qui témoigne de la volonté impériale de restauration des mœurs.

17 av. J.-C.
Célébration des Jeux séculaires qui marquent l'avènement d'un nouvel âge. C'est à cette occasion que le poète Horace compose son *Chant séculaire*, où sont invoqués Diane et Apollon, le dieu de la victoire d'Actium, protecteur du prince, mais aussi de la poésie lyrique.

16 av. J.-C.
Des Germains (Sicambres, Bructères et Tanctères) traversent le Rhin et pénètrent en Gaule : le légat Marcus Lollius est battu, la légion V entièrement massacrée (*claedes Lolliana*). Auguste se rend dans les Gaules et procède à la réorganisation des provinces.

15 av. J.-C.
Campagnes de Drusus et Tibère contre les peuples alpins. L'un et l'autre sont les fils de Livie, la seconde femme d'Auguste, nés d'un premier mari, Tibérius Claudius Nero. Ils constituent la première génération de la « dynastie julio-claudienne ».

13 av. J.-C.
De retour à Rome, Auguste inaugure l'*Ara Pacis* (« autel de la Paix ») le 4 juillet, qui sera dédicacée en 9 av. J.-C. (30 janvier).

13 ou 3 av. J.-C.
Pour la troisième fois sous Auguste (29 et 25), les portes du temple de Janus sont fermées en signe de paix universelle.

12 av. J.-C.
Mort de Lépide, l'ancien triumvir. Auguste devient grand pontife et lance une entreprise de restauration religieuse.

12-9 av. J.-C.
Campagnes de Tibère en Pannonie et de Drusus en Germanie. L'armée de ce dernier atteint l'Elbe, mais il meurt sur le chemin du retour.

9 av. J.-C.
Fin de la monumentale *Histoire romaine* de Tite-Live (59 av. J.-C.-17 apr. J.-C.), retraçant l'histoire de Rome depuis la fondation de la Ville et puisant aux sources de l'annalistique. Elle fut enseignée dans les écoles jusqu'à la fin de l'Antiquité, tandis que les livres conservés ont inspiré nombre d'artistes et de lettrés en Europe.

8 av. J.-C.
Tibère poursuit les opérations en Germanie. Il atteint le cours de l'Elbe après avoir battu les Sicambres.

6 av. J.-C.
Quoiqu'il ait reçu pour cinq ans la puissance tribunicienne qui l'associait au pouvoir impérial, Tibère se retire à Rhodes, mécontent d'avoir été placé au second rang dans l'ordre de succession, après les

deux fils de Julie (la fille d'Auguste) et d'Agrippa, Gaius César et Lucius César.

2 av. J.-C.

Auguste reçoit le titre de « père de la patrie » et son forum est dédicacé. Mais l'exil de sa fille Julie témoigne des troubles à la cour et des oppositions au sein de l'aristocratie.

1 av. J.-C.

Gaius César, qui vient d'épouser Livilla (la fille de Drusus), reçoit l'*imperium* proconsulaire et se rend en Orient afin d'assurer le contrôle de l'Arménie face aux Parthes.

2 apr. J.-C.

Mort de Gaius César à Marseille. Son frère Lucius, alors en train de réprimer une révolte soutenue par les Parthes en Arménie, devient le principal successeur potentiel, Tibère demeurant retiré à Rhodes.

4

Lucius César meurt à son tour des suites d'une blessure. Auguste rappelle Tibère de son exil de Rhodes et l'adopte en même temps que son petit-fils, Agrippa Postumus. Pour compléter le dispositif successoral, Tibère, qui a déjà un fils, Drusus (II), doit adopter également son neveu, le futur Germanicus (le fils du premier Drusus et d'Antonia la Jeune, fille de Marc Antoine).

5

Tibère mène une campagne en Germanie et atteint de nouveau le cours de l'Elbe.

6
Tibère gagne Carnuntum sur le Danube d'où il prépare une expédition d'envergure contre Marobaud, le chef des Marcomans (Bohême actuelle). Cependant, il doit retourner ses douze légions (soixante-douze mille hommes) contre les Pannoniens dont la soumission avait été faussement acquise.

6-9
Opérations militaires de Tibère pour soumettre les Pannoniens révoltés.

7
Alors que le jeune Germanicus est envoyé auprès de son père adoptif, Tibère, pour se battre contre les Pannoniens, l'autre successeur potentiel, Agrippa Postumus, est relégué dans l'île de Planasie (au sud de l'île d'Elbe).

8
Le poète Ovide (né en 43 av. J.-C.) est relégué à Tomes (l'actuelle Constanza), sur les rives de la mer Noire, sans doute en raison d'une affaire d'adultère concernant Julia, la fille d'Auguste, et du ton licencieux de son *Art d'aimer*. Il rédige les *Tristes* et les *Pontiques* en exil, où il meurt, en 17.

9
Massacre de Varus (*clades Variana*) : les trois légions commandées par le légat Quintilius Varus sont massacrées par les Chérusques dans la forêt de Teutoburg, alors que Tibère, victorieux face aux Pannoniens, rentre à Rome afin de célébrer son triomphe.

10-12

Expéditions militaires en Germanie conduites par Tibère.

13-16

Nouvelles opérations de Germanicus en Germanie.

14

Tibère reçoit un *imperium* proconsulaire identique à celui d'Auguste qui le place en situation de corégent. Mort d'Auguste (19 août). Lors de ses funérailles, Auguste reçoit des honneurs divins (17 septembre).

14-68

Dynastie des Julio-Claudiens

14-37

TIBÈRE

14

Révolte des légions du Rhin et du Danube. Germanicus rétablit l'ordre parmi les premières, Drusus (II) parmi les secondes.

15

Le préfet du prétoire Séjan cantonne la garde prétorienne à proximité de Rome, quelques années avant qu'un camp ne soit édifié pour eux sur le Viminal, aux portes de la ville. Cette garde impériale, en principe destinée à assurer la défense du prince et, aux côtés des cohortes urbaines, à réprimer les désordres à Rome et en Italie (par ailleurs dépourvue de troupes), constituera un ferment d'instabilité politique jusqu'à sa dissolution par Constantin, au lendemain de la bataille du pont Milvius (312).

16
Germanicus remporte plusieurs victoires contre les Germains. Il est rappelé à Rome par Tibère qui lui confie un pouvoir étendu pour réorganiser les provinces orientales.

16
Libo Drusus (petit-fils de Pompée et petit-neveu de Scribonia, la première femme d'Auguste), poursuivi pour lèse-majesté, se suicide. Ce premier procès de lèse-majesté intenté contre un membre de la haute noblesse à l'initiative de délateurs est emblématique de l'histoire politique et judiciaire du règne de Tibère.

17
Après avoir célébré son triomphe à Rome (26 mai), Germanicus se rend en Orient où il entre bientôt en conflit avec le gouverneur de Syrie, Pison, sénateur de haute lignée et homme de confiance de Tibère.

17-24
Le chef numide Tacfarinas soulève les tribus berbères d'Afrique du Nord contre Rome. Le proconsul Dolabella écrase le soulèvement.

19
De retour d'un voyage en Égypte, Germanicus meurt à Daphné (banlieue d'Antioche), persuadé d'avoir été empoisonné par son adversaire Pison. Ce dernier est rappelé à Rome.

20
La veuve de Germanicus, Agrippine l'Ancienne (petite-fille d'Auguste), ramène à Rome les cendres de son mari. Pison est poursuivi pour lèse-majesté et se suicide. Avec la disparition de Germanicus, Drusus (II) le Jeune, le fils de Tibère, apparaît désormais comme le seul successeur potentiel.

21
La pression fiscale est à l'origine d'un soulèvement dans le Nord de la Gaule, conduit par l'Éduen Julius Florus et le Trévire Julius Sacrovir, deux nobles gaulois détenteurs du droit de cité romain.

23
Drusus (II) le Jeune, qui partageait depuis un an la puissance tribunicienne avec Tibère, est empoisonné à l'instigation du préfet du prétoire Séjan. Tibère présente au sénat les fils de Germanicus, Nero César et Drusus (III) César.

24
Séjan, qui cherche à affaiblir le cercle de Germanicus, fait accuser de trahison deux amis de ce dernier, Caius Silius et Lucius Pison. Ils se suicident.

25
Séjan souhaite épouser Julia Livilla, veuve de Drusus (II), afin d'entrer dans la famille impériale. Tibère refuse. Sur l'ordre du préfet du prétoire qu'il avait offensé, l'historien Crémutius Cordus est inculpé du crime de lèse-majesté pour avoir loué les Césaricides, Brutus et Cassius. Il se suicide.

26
Tibère refuse à Agrippine, la veuve de Germanicus, le droit de se remarier. Il veut ainsi éviter un renforcement de la branche issue du premier mariage d'Auguste (Scribonia), alors que lui-même était issu du second mariage d'Auguste (Livie).

26
Ponce Pilate devient préfet de Judée.

27
Tibère se retire en Campanie et ne revient plus à Rome. Cet éloignement offre à Séjan une liberté accrue pour renforcer son pouvoir dans l'État.

27
Séjan élimine les successeurs potentiels de Tibère et fait exécuter Titius Sabinus qui avait été l'ami de Germanicus.

28
Révolte des Frisons réprimée par le légat de Germanie inférieure, Lucius Apronius.

29
Agrippine l'Ancienne (veuve de Germanicus) et son fils Nero César sont condamnés et relégués. Le second fils de Germanicus, Drusus (III), est enfermé dans les geôles du Palatin où il mourra en 33. Séjan tente également de se débarrasser d'un autre fils de Germanicus, Gaius (le futur empereur Caligula), mais ce dernier est finalement placé sous surveillance à Capri.

30
L'historien Velléius Paterculus, un proche de Tibère et de Séjan, publie son *Histoire romaine*, particulièrement riche en informations sur le début de l'époque impériale.

31
L'ambition de Séjan est révélée à Tibère qui le fait juger par le sénat et exécuter (18 octobre). Le nouveau préfet du prétoire, Macron, s'emploie dans les années suivantes et jusqu'à la fin du règne à poursuivre les amis et les clients de Séjan. Toutefois, ni Agrippine l'Aînée, ni Drusus (III) ne sont réhabilités ni libérés. Gaius César (le futur empereur Caligula), en revanche, reçoit la toge virile et apparaît au premier plan de la succession.

32
Poursuite des purges. La disette provoque des émeutes à Rome.

33
Difficultés monétaires et financières à Rome.

34
Après quinze ans de calme relatif dû à l'œuvre diplomatique de Germanicus, la mort du roi d'Arménie, Artaxias, ouvre une querelle de succession et des troubles en Orient.

36
À l'issue d'un grand incendie à Rome, l'empereur indemnise les sinistrés, témoignant de son rôle d'unique bienfaiteur (évergète) dans la capitale.

37

Le général romain Lucius Vitellius rencontre le roi des Parthes, Artaban III, sur l'Euphrate. En échange de la reconnaissance par Rome de sa légitimité sur le trône, Artaban III doit reconnaître en Arménie celle du candidat romain, Mithridate. La situation définie par ce traité se prolonge jusque sous le règne de Claude.

37

Mort de Tibère à Misène (16 mars). Le plus jeune fils de Germanicus, âgé de 25 ans, Gaius (surnommé Caligula), est acclamé empereur (18 mars) puis reconnu par le sénat (28 mars).

37-41

Caligula

37

L'avènement de Caligula se traduit immédiatement par plusieurs mesures d'apaisement (rappel des bannis) et de « réhabilitaion » de ses proches, victimes des purges de Séjan et de Tibère. Les cendres de sa mère Agrippine sont ramenées de Pandataria (l'actuelle Ventotene) à Rome, son oncle Claude (le futur empereur) est fait consul. Au même moment, Tibérius Gemellus (le fils de Drusus (II) le Jeune et petit-fils de Tibère) est adopté par le nouvel empereur.

Octobre 37

Maladie de l'empereur. Elle marque le début de sa folie et de son despotisme.

38
En dépit de la mesure prise l'année précédente, Tibérius Gemellus est mis à mort. Le préfet du prétoire Macron est exécuté. La sœur de l'empereur, Drusilla, meurt la même année (10 juin) : elle est divinisée et vénérée comme Aphrodite. Le goût de l'empereur pour les religions orientales se traduit par la construction du temple d'Isis sur le Champ de Mars.

38
Affrontements entre Grecs et Juifs à Alexandrie.

39
Séjour de l'empereur en Gaule. Une conjuration sénatoriale échoue, suivie par de nombreuses exécutions et relégations.

39-40
Philon d'Alexandrie conduit une ambassade auprès de Caligula pour obtenir la défense de la communauté juive de sa cité, à l'issue des émeutes de l'année précédente. L'œuvre de ce penseur et exégète de l'Ancien Testament aura une influence jusque dans l'Antiquité tardive, en Orient (Clément, Origène), comme en Occident (Ambroise, Jérôme, sans doute Augustin).

40
Un projet de conquête de l'île de Bretagne est abandonné (il sera repris par Claude). Soulèvement en Maurétanie qui conduira à la conquête de ce royaume quatre ans plus tard.

25 janvier 41
Caligula est assassiné à l'occasion d'une nouvelle conjuration conduite avec le soutien des prétoriens. Ces derniers désignent son oncle Claude comme successeur.

41-54
CLAUDE

41
Claude entreprend une politique de grands travaux (drainage du lac Fucin, construction du port d'Ostie), visant principalement le ravitaillement de Rome.

42
Sédition du légat de Dalmatie, Scribonianus, bientôt réprimée.

43-44
Conquête de la Bretagne entreprise par l'empereur lui-même. S'il célèbre un triomphe à son retour, laissant sur place le légat Aulus Plautius, la nouvelle province ne sera entièrement pacifiée (au sud de l'Écosse) que sous les Flaviens.

44
Le royaume de Maurétanie est annexé et divisé en deux provinces procuratoriennes (tingitane et césarienne).

44
Mort d'Agrippa Ier. La Judée, qui avait retrouvé son autonomie depuis 41, est de nouveau réduite en province procuratorienne.

46
Mort du roi Roemetalkes. Le royaume de Thrace est annexé et devient province romaine.

47
Le légat de Germanie inférieure remporte plusieurs victoires contre les Chauques et les Frisons. L'empereur ordonne aux légions de regagner leurs bases.

48
L'empereur prononce un discours au sénat en faveur de l'entrée des nobles gaulois dans l'assemblée. Reproduit (et reformulé) par l'historien Tacite dans ses *Annales*, ce fameux discours est conservé sur la Table claudienne, découverte à Lyon au XVIe siècle.

48
Les intrigues de l'impératrice Messaline, qui avait notamment célébré son second mariage avec un sénateur, Gaius Silius, sont découvertes. L'un et l'autre sont exécutés, ainsi qu'un grand nombre de complices.

49
Sur le conseil de son affranchi Pallas, Claude épouse sa propre nièce Agrippine la Jeune, fille de Germanicus et d'Agrippine l'Ancienne. Il adopte l'année suivante le fils qu'elle avait eu d'un précédent mariage, Lucius Domitius Ahénobarbus (le futur Néron). Ce dernier est fiancé à Octavie (fille de Claude et Messaline, et sœur de Britannicus). Le philosophe stoïcien Sénèque est rappelé d'exil pour devenir le précepteur du jeune prince.

49
Pour la première fois depuis Sylla, la limite sacrée de l'*Urbs*, le *pomerium*, est élargie, en raison sans doute de l'agrandissement de l'empire lui-même depuis le début du règne.

50
Sur le Rhin, une invasion de Germains (les Chattes) est repoussée.

51
Burrus (le futur conseiller de Néron, avec Sénèque) reçoit le commandement de la garde prétorienne.

52
Les excès de la fiscalité suscitent une révolte bientôt réprimée en Judée.

53
L'Arménie échappe de nouveau à l'influence romaine. Vologèse, le roi des Parthes, place son frère Tiridate sur le trône arménien, rompant l'équilibre créé en 37.

13 octobre 54
Agrippine fait empoisonner Claude, par crainte que Britannicus (issu du premier mariage de l'empereur avec Messaline) ne finisse par l'emporter sur Néron dans l'ordre de succession.

54-68
Néron

13 octobre 54
Mort de Claude et avènement de Néron. Ce dernier, âgé de 17 ans, entame son règne sous la coupe de sa mère, Agrippine. L'influence de celle-ci est contrebalancée par la présence des deux conseillers du prince, son précepteur Sénèque et le préfet du prétoire, Burrus. Débute alors le *quinquennium Neronis*, les cinq premières années de règne antérieures au meurtre d'Agrippine et à l'exercice tyrannique du pouvoir.

54
Les Parthes occupent l'Arménie. Le général Corbulon reçoit un commandement suprême en Orient pour faire face à cette offensive.

55
Britannicus (le fils de Claude et de Messaline) est empoisonné afin que disparaisse tout rival potentiel de l'empereur.

55
Sénèque publie le *De clementia*, miroir du prince, qui exalte les vertus stoïciennes d'un gouvernement opposé aux excès et aux désordres qu'engendre la tyrannie.

57
Construction d'un amphithéâtre sur le Champ de Mars et distribution d'un don (*congiarium*) aux habitants de Rome. Ces deux faits marquent le début d'un style de commandement reposant sur le charisme de l'empereur auprès du peuple.

58
Après avoir rétabli la discipline dans l'armée, Corbulon gagne l'Arménie où il s'empare de la capitale, Artaxatas.

59
Néron fait assassiner sa mère Agrippine. Il apparaît comme citharède et aurige à l'occasion des *Juvennalia*, fêtes accompagnées de jeux scéniques, qu'il introduit pour commémorer le rasage de sa première barbe et son entrée dans l'âge adulte.

60
Corbulon place Tigrane sur le trône d'Arménie. Rome restaure son influence dans cette région au détriment des Parthes.

60
Néron instaure les *Neronia*, jeux de style grec associant trois volets : musique, éloquence et poésie ; exercices gymniques ; courses de chevaux.

60-61
Révolte des Bretons (habitants de l'actuelle Grande-Bretagne) conduite par Boudicca.

62
Tandis que se durcit le gouvernement de Néron et que se multiplient les procès de lèse-majesté contre les opposants potentiels, Burrus décède. Sénèque se retire de la vie publique en signe de désapprobation de la conduite du prince. Ce dernier est influencé par le nouveau préfet du prétoire Tigellinus. Néron

divorce d'Octavie (elle sera exécutée par la suite) et épouse Poppée.

64
Dans la ville grecque de Naples, Néron se produit publiquement comme citharède.

18-19 juillet 64
Gigantesque incendie à Rome. Parti des environs du cirque Maxime, il détruit les quartiers centraux. Néron est contraint d'interrompre le voyage qu'il projetait en Grèce. Les chrétiens, tenus pour responsables du désastre, sont poursuivis et nombre d'entre eux sont exécutés. À l'endroit des quartiers sinistrés (dont une partie est tout de même reconstruite), Néron fait élever une très grande villa, la *Domus aurea* (entre le Palatin, le Caelius et l'Oppius).

65
Conjuration de Pison contre Néron. Le complot est éventé et un grand nombre d'exécutions ont lieu. Sénèque est contraint de se suicider. Le collègue de Tigellinus à la préfecture du prétoire, Faenius Rufus, est exécuté et remplacé par Nymphidius Sabinus, lequel exercera à son tour une forte influence sur l'empereur.

66
Le stoïcien Thrasea Paetus est poursuivi pour lèse-majesté et condamné à mort. Il précède l'exécution en se suicidant.

66
Tiridate, le nouveau roi d'Arménie, se rend à Rome

pour recevoir de Néron son diadème. Début d'une rébellion en Judée. Elle conduira à la destruction du second Temple quatre ans plus tard.

66-67

Voyage de Néron en Grèce. Il remporte mille huit cent huit titres de victoires au cours de sa participation aux jeux et entreprend de percer l'isthme de Corinthe. Il accorde la « liberté et l'immunité fiscale » à la Grèce (28 novembre).

67

Le général Corbulon est contraint de se suicider à Corinthe. Ses succès militaires en faisaient un rival potentiel aux yeux du prince.

67

Le futur empereur Flavius Vespasien est envoyé comme légat pour réprimer le soulèvement de la Judée. Originaire d'une famille de notables de Sabine, fils de chevalier, il avait reçu le prestigieux proconsulat d'Asie en 61.

68

Néron rentre en Italie. Rébellion du légat de Gaule Lyonnaise, Vindex, en mars, suivie de celle du légat de Tarraconnaise, Galba, en avril. Le premier est écrasé à Besançon par les troupes de Germanie demeurées fidèles, tandis que l'Afrique se soulève également derrière le légat Clodius Macer. La rébellion s'étend, car Galba reçoit le soutien d'Othon (légat de Lusitanie) et de Caecina (légat de Bétique). À Rome également, les prétoriens se prononcent en sa faveur. Déclaré ennemi par le sénat, Néron se suicide le 11 juin.

68-69
Année des quatre empereurs

Juin 68-janvier 69
GALBA

Octobre 68
Galba arrive à Rome, mais plusieurs mesures le rendent aussitôt impopulaire auprès du sénat, de l'armée et du peuple.

Janvier 69
Le légat de Germanie inférieure, Vitellius, est acclamé empereur par ses troupes. Galba se désigne un successeur en la personne de Lucius Calpurnius Pison. L'un et l'autre sont exécutés par les prétoriens qui acclament Othon. Ce dernier reçoit le soutien des armées du Danube, d'Afrique et d'Orient.

Janvier 69-avril 69
OTHON

Février 69
La puissante armée de Vitellius pénètre en Italie.

14 avril 69
Les troupes d'Othon sont battues à la bataille de Bédriac (près de Crémone). Il se suicide le lendemain. Vitellius est proclamé empereur par ses troupes, puis par le sénat.

Avril 69-décembre 69

Vitellius

Juillet 69

Alors que Vitellius rentre à Rome à la tête de son armée, le commandant de l'armée de Judée, Vespasien, est acclamé en Égypte, à l'initiative du préfet Tibérius Julius Alexander. Outre l'armée d'Orient, Vespasien bénéficie du soutien des légions danubiennes. Il fait marcher sur Rome les légions du Danube, commandées par Antonius Primus, et celles de Syrie, commandées par Mucien. Laissant son fils Titus poursuivre la guerre contre les Juifs, il se rend en Égypte, dont le contrôle est décisif pour le ravitaillement de Rome.

25 octobre 69

Les troupes danubiennes battent l'armée de Vitellius à Bedriac et mettent à sac la ville voisine de Crémone.

Décembre 69

À Rome, le parti flavien commandé par le préfet de la Ville, Flavius Sabinus, (le frère de Flavius Vespasien), bientôt tué, est assiégé sur le Capitole qui est incendié. Le fils de Vespasien, Domitien, parvient à s'échapper. Au lendemain de cet affrontement, Vitellius est exécuté et le sénat reconnaît Vespasien pour empereur. Depuis l'Égypte où il séjourne, Vespasien exerce le pouvoir à Rome par l'intermédiaire de Mucien.

69-96

Dynastie des Flaviens

69-79
Vespasien

8 septembre 70
La prise de Jérusalem suivie de la destruction du temple signe l'achèvement de la guerre en Judée. Des poches de résistance subsistent néanmoins, notamment la forteresse de Massada qui tombera à l'été 73 (ou 74).

Automne 70
Révolte des Bataves conduite par Civilis, qui avait d'abord prétendu soutenir la cause flavienne. Se joignent à la rébellion des Germains libres (Bructères) guidés par la prophétesse Velléda et des Gaulois (Trévires, Lingons). Les divisions des insurgés accélèrent la répression, achevée avant la fin de l'année par le gendre de Vespasien, Flavius Cerialis.

Octobre 70
Vespasien rentre à Rome. La garde prétorienne est réduite de seize à neuf cohortes afin de limiter le risque de sédition dans la capitale.

Entre 71 et 75
Les astrologues et les philosophes sont chassés de Rome, en raison des menaces que représentaient les prédictions des premiers et les critiques des seconds contre le pouvoir impérial.

71
Vespasien et ses fils, Titus et Domitien, célèbrent le

triomphe sur la Judée. Fondation du temple de la Paix.

71-84

Pacification de l'île de Bretagne par les trois gouverneurs, Cérialis (71-74), Frontin (74-77), puis Agricola (77-83 ou 84). L'œuvre de « romanisation » conduite par ce dernier a été glorifiée par son gendre, l'historien Tacite, en 98.

73

Censure biennale de Vespasien et Titus avec le but de restaurer la *nobilitas* (la haute noblesse), de promouvoir des magistrats et compléter le sénat.

Juillet 73 (ou 74)

Prise de la forteresse de Massada en Judée, tenue par les Sicaires depuis 66.

74

Campagnes de Pinarius Cornélius Clemens en Germanie. La fortification des champs Décumates est entreprise : ce territoire en forme de triangle, situé entre les sources du Danube et du Rhin, constituait le maillon faible du système de défense qui suivait les deux fleuves jusqu'à leur embouchure.

75

Visite à Rome d'Hérode Agrippa II et de la reine de Judée, Bérénice. Le peuple s'oppose au mariage de cette dernière avec Titus.

Vers 75

Exécution du stoïcien Helvidius Priscus, qui menait les attaques des philosophes contre Vespasien.

75-79
L'écrivain juif de langue grecque Flavius Josèphe (37-vers 95) rédige *La Guerre des Juifs*, chronique de la guerre de Judée dont il a été le témoin oculaire aux côtés de Titus. Dans les mêmes années, Pline l'Ancien (23-79) compose son *Histoire naturelle*, ouvrage scientifique à caractère encyclopédique qui rassemble l'état des connaissances et des techniques de l'époque.

24 juin 79
Mort de Vespasien. Son fils Titus lui succède.

79-81
TITUS

24 août 79
Éruption du Vésuve qui entraîne la destruction de Pompéi, Herculanum, Stabies, et partiellement de Nocera. L'ensevelissement des cités campaniennes a permis la conservation exceptionnelle jusqu'à nos jours de traces matérielles de la civilisation romaine.

80
À Rome, où sévit une épidémie, un grand incendie détruit le temple de Jupiter Capitolin récemment reconstruit. Inauguration de l'amphithéâtre Flavien (le Colisée), édifié à l'emplacement de la *Domus aurea* de Néron, à l'initiative de Vespasien. Il s'agissait de restituer au peuple, pour son divertissement, l'espace autrefois accaparé par le tyran au cœur de la Ville.

13 septembre 81
Mort de Titus, auquel succède son frère Domitien.

81-96
DOMITIEN

83-85
Guerre contre les Chattes en Germanie.

84
Rappel à Rome du légat de Bretagne, Agricola. Si l'on en croit Tacite, sa récente victoire contre les Chalédoniens en Écosse aurait pourtant pu aboutir au contrôle complet de l'île.

85
Domitien revêt la censure, bientôt transformée en censure perpétuelle (*censor perpetuus*).

85
Répression de la révolte des Nasamones en Afrique.

85-88
Guerre contre les Daces, sans résultat décisif. Ce royaume fortement hellénisé, situé sur la rive gauche du Danube (Roumanie actuelle), sera conquis sous Trajan.

86
Première célébration des Jeux capitolins.

88
Célébration des Jeux séculaires.

Janvier 89
L'usurpation du légat de Germanie supérieure, Saturninus, proclamé empereur par les deux légions

installées à Mayence, fait long feu. Cet épisode aurait néanmoins accentué le despotisme de Domitien, devenu craintif à l'égard des ambitions des sénateurs, au cours des années suivantes.

89
Édit contre les astrologues et les philosophes, qui répète les mesures prises par Vespasien entre 71 et 75.

89
Expédition sans résultat probant contre les Quades et les Marcomans, sur le Bas-Danube. Paix avec Décébale, le roi des Daces. Domitien célèbre un double triomphe sur les Daces et les Chattes.

90
Réorganisation de la région du Rhin. Création des deux provinces de Germanie inférieure et de Germanie supérieure.

90
Multiplication des procès, condamnations et exécutions. Le despotisme de l'empereur se renforce.

90 et suiv.
Le rhéteur Quintilien (vers 30-vers 95) est chargé de l'éducation des petits-neveux de Domitien. Il rédige son *Institution oratoire*, dernier grand texte théorique sur l'éloquence latine, après les écrits de Cicéron et la *Rhétorique à Hérennius*.

92
Les Sarmates traversent le Danube et massacrent une

légion. Domitien se rend sur le front et attaque les Marcomans, les Quades et les Sarmates.

92
Achèvement d'un vaste complexe palatial sur le Palatin, expression monumentale de l'autocratie impériale.

93
Exécutions de plusieurs figures de l'opposition stoïcienne. Leurs veuves sont envoyées en exil.

93
Institution d'un impôt pesant seulement sur les Juifs, le *Fiscus Iudaicus*.

93-94
Flavius Josèphe rédige les *Antiquités juives* qui résument en vingt livres l'histoire du peuple juif, depuis la création du monde jusqu'à la révolte contre Rome.

95
Domitien qui avait choisi pour lui succéder les enfants de son cousin Flavius Clemens accuse ce dernier, ainsi que son épouse Domitilla, d'athéisme et de coutumes judaïques. Le premier est exécuté, la seconde est exilée dans un premier temps.

95
Les philosophes sont de nouveau expulsés d'Italie.

18 septembre 96
Domitien est assassiné à l'occasion d'une conjuration de palais conduite par sa femme Domitia et

par les préfets du prétoire Secondus et Norbanus, mais appuyée par le sénat. Un sénateur âgé, Nerva, est alors désigné empereur par ses pairs qui proclament l'abolition du souvenir de Domitien (*damnatio memoriae*).

96-192

Dynastie des Antonins

96-98

NERVA

97

Le nouvel empereur tente de rétablir les finances de l'État. En octobre, il adopte et fait désigner César le légat de Germanie supérieure, le futur Trajan (inférieur au titre d'Auguste, le titre de César était porté par certains membres du collège impérial, les héritiers présomptifs).

27 ou 28 janvier 98

Mort de Nerva. Trajan est acclamé empereur. Il gagne Rome l'année suivante (été 99).

98

Tacite publie la biographie de son beau-père, *Agricola*, pacificateur de la Bretagne. Cet essai politique défend la nécessité, pour un homme de bien, de demeurer au service de l'État, même sous les tyrans. Peu après, il publie un court traité ethnographique, *La Germanie*, source fondamentale pour la connaissance des peuples germains, alors sans doute en guerre contre Rome.

98-117
TRAJAN

1er septembre 100
Pline le Jeune reçoit le consulat. Il prononce le *Panégyrique* en l'honneur de Trajan, où il peint le portrait d'un prince idéal, respectueux des sénateurs, à l'opposé de l'exercice tyrannique du pouvoir de son prédécesseur, Domitien.

100
Dans la continuité de la politique fiscale de Nerva, Trajan développe le système des *alimenta* : versements de prêts par l'État aux propriétaires italiens dont les intérêts (5 %) sont reversés à des fils de famille d'ayants droits.

101-102
Première guerre dacique. La guerre menée contre le royaume de Dacie, situé sur la rive gauche du Danube (actuelle Roumanie), s'achève par la reddition du roi des Daces, Décébale. Le royaume est partiellement réduit et démilitarisé. Une garnison romaine est installée dans la capitale, Sarmizegetusa regia.

102-105
Deux nouvelles légions sont recrutées (l'armée romaine en compte désormais une trentaine au total), tandis que la frontière danubienne est fortifiée et les provinces frontalières réorganisées. La construction, à Drobeta, d'un pont de pierre sur le Danube, œuvre de l'architecte Apollodore de

Damas, symbolise les aménagements du réseau viaire à des fins stratégiques.

105-106

Deuxième guerre dacique. Elle s'achève par le suicide de Décébale, sur le point d'être capturé par les Romains. Son royaume est annexé et transformé en province. Elle ne sera abandonnée qu'en 272. L'ancienne capitale est transformée en camp romain, tandis qu'est déduite la colonie Sarmizegetusa Ulpia Traiana.

106

Conquête et annexion du royaume nabatéen d'Arabie, qui devient une province romaine, au sud de la Syrie.

Vers 108

Tacite rédige ses *Histoires* qui constituent, comme leur nom l'indique, le récit des événements vécus par l'auteur, depuis 69 (année des quatre empereurs) jusqu'à l'assassinat de Domitien, en 96. La partie conservée ne couvre que l'année 69 et le début de 70.

110

Le roi des Parthes Chosroes place sur le trône arménien son neveu Parthanasiris, en violation du compromis passé avec Rome en 63. Ce *casus belli* est à l'origine des opérations menées par Trajan en Orient jusqu'à sa mort.

111-113

Pline le Jeune est envoyé comme légat propréteur

dans la province du Pont-Bythinie, probablement dans le cadre des préparatifs de la guerre parthique.

Janvier 112
Dédicace du forum de Trajan, œuvre de l'architecte Apollodore de Damas.

113
Achèvement d'un nouveau port à Ostie, qui vient compléter le dispositif initié par Claude.

113-117
Guerre parthique conduite par l'empereur.

113-114
Conquête et annexion de l'Arménie transformée en province pour une courte durée. Trajan se rend en Haute-Mésopotamie.

115
Occupation de la Haute-Mésopotamie.

116
Après la prise de Ctésiphon et Séleucie, Trajan gagne le golfe Persique, sans doute dans le but de créer deux nouvelles provinces, l'Assyrie et la Mésopotamie. L'Empire romain atteint alors sa plus grande extension, mais la violence de l'occupation romaine soude la résistance des Parthes et contribue à soulever les Juifs en Orient.

Printemps 117
Début d'une grande révolte des Juifs à Chypre, à Cyrène, en Judée et en Égypte.

1er août 117
Mort de Trajan à Sélinonte de Cilicie, tandis qu'il rentrait en Italie accompagné de sa femme, Plotine. Hadrien est acclamé empereur par l'armée d'Antioche. Ce choix, préparé par Trajan, est confirmé par le sénat.

117-138
HADRIEN

118
Quatre consulaires amis de Trajan sont mis à mort, sans doute à l'initiative du préfet du prétoire Attianus, soucieux d'écarter toute opposition au nouvel empereur. Hadrien rentre à Rome (juillet-août). Il rompt dès lors avec la politique expansionniste de Trajan.

120-125
Premier grand voyage d'Hadrien. L'empereur gagne la Gaule, puis devant les troupes stationnées dans les Germanies. Il se rend ensuite en Bretagne où il lance la construction du « mur d'Hadrien » (de Wallsend on Tyne jusqu'à Bowness on Solway, l'ouvrage s'étend sur 118 km) pour défendre la province contre les incursions des Brigantes (122). Il retourne en Gaule, en Espagne et en Maurétanie. La menace des Parthes le contraint à partir pour la Syrie (123). Après avoir séjourné en Asie et en Bithynie, il se rend en Grèce où il est initié aux mystères d'Éleusis, puis en Sicile, où il fait l'ascension de l'Etna.

Vers 120
Tacite rédige les *Annales*, récit des règnes des empereurs julio-claudiens, de 14 à 66 apr. J.-C.

126
Mort de Plutarque, né vers 46. Le biographe des *Vies parallèles*, dont le succès fut immense dans la culture européenne dès leur redécouverte au Moyen Âge, est également l'auteur d'une œuvre considérable, véritable synthèse de la mémoire hellénique.

126-127
Voyage d'Hadrien en Italie centrale et méridionale.

128
L'empereur repart en Afrique où il passe en revue la garnison de Lambèse (légion III Augusta), puis séjourne brièvement à Rome.

129-130
Hadrien se rend en Orient. Il traverse les provinces anatoliennes, la Cappadoce, la Syrie, la Judée, l'Arabie.

130-131
Hadrien se rend en Égypte. Il fait reconstruire la tombe de Pompée à Pelusium et visite Thèbes. Son favori, Antinoos, se noie dans le Nil. Il est divinisé et la cité d'Antinoopolis est édifiée pour lui.

131
Le grand juriste Julien (105-170) exerce la questure. Il est bientôt chargé par Hadrien d'élaborer l'Édit perpétuel (mise en ordre de l'édit du préteur, ensemble des sentences rendues par ces magistrats

et faisant jurisprudence). Son œuvre exerça une influence considérable sur la science juridique, jusqu'à l'époque de Justinien.

131-132
Hadrien se rend pour la troisième fois à Athènes où il procède à la dédicace du temple de Zeus Olympien, l'Olympeion. C'est l'un des grands travaux réalisés dans la ville par cet empereur philhellène.

132-135
Sous la conduite du grand-prêtre Éléazar et du chef de guerre Simon Bar Kochba, les Juifs se révoltent. Le projet de construction d'Aelia Capitolina (une colonie romaine sur le site de Jérusalem) et l'interdiction de la circoncision ont contribué à déclencher cette guerre qui nécessite la mobilisation d'une armée constituée de légions venues de Syrie, d'Arabie, d'Égypte et de contingents de l'armée du Danube.

134
Après un séjour en Judée, Hadrien revient à Rome qu'il ne quitte plus, sinon pour demeurer dans sa villa de Tivoli.

135
La guerre contre les Juifs s'achève par une dure répression (massacres, asservissements, confiscations). Le judaïsme, qui reste toléré, doit se reconstituer en Galilée et dans la diaspora. Une colonie de vétérans, Aelia Capitolina, remplace Jérusalem et devient le chef-lieu de la province consulaire de

Syrie-Palestine. L'accès à la cité est interdit aux Juifs, sauf un jour par an et contre versement d'une taxe.

136

Malade, Hadrien organise sa succession. En l'absence de fils, il fait exécuter les seuls parents qui pouvaient aspirer à le remplacer. Il adopte ensuite l'un des consuls de l'année, Lucius Ceionius Commodus, qui devient Lucius Aelius César et reçoit la puissance tribunicienne. Il est envoyé comme proconsul en Pannonie.

137 (ou 136)

Mort de l'impératrice Sabine qui est divinisée. À la fin de l'année, retour à Rome d'Aelius César.

138

À la mort de son successeur désigné, Lucius Aelius César (1er janvier), Hadrien procède à une nouvelle adoption (25 février), celle d'Antonin. Ce dernier adopte à son tour les deux futurs empereurs, Marc Aurèle et Lucius Vérus. Au cours des derniers mois du règne d'Hadrien, Antonin gouverne seul. Hadrien meurt à Baïa le 10 juillet, à l'âge de 72 ans.

138-161

ANTONIN LE PIEUX

10 juillet 138

Antonin accède au trône impérial. Il obtient du sénat réticent l'apothéose (divinisation d'un empereur mort) de son père adoptif. C'est sans doute pour cette raison qu'il reçoit le titre de Pius (« Pieux »).

139
Marc Aurèle prend le titre de César le 5 décembre. Lollius Urbicus bat les Brigantes dans le Nord de la Bretagne. Dédicace du mausolée d'Hadrien (actuel château Saint-Ange).

140
Premier consulat de Marc Aurèle.

142
Achèvement de la construction du mur d'Antonin, au nord de celui d'Hadrien, en Écosse (à hauteur du Forth et de la Clyde).

143
Consulat de Fronton et d'Hérode Atticus (deux prestigieux professeurs d'éloquence, précepteurs de Marc Aurèle et Lucius Vérus). Grâce à sa fortune, le second deviendra aussi un grand évergète.

144
Le rhéteur grec, Aelius Aristide, originaire de Smyrne et élève d'Hérode Atticus, prononce à Rome l'*Éloge de Rome*, réflexion sur le système impérial et les relations entre Rome et le monde grec. Il est considéré comme l'expression même de la *pax romana*, à l'apogée de l'Empire : « Qui parmi les hommes d'autrefois, a jamais effectué un trajet à la manière d'aujourd'hui, en comptant les villes d'après le nombre des jours, parfois même en en traversant deux ou trois le même jour, comme si c'étaient des rues ? »

145
Marc Aurèle épouse Faustine la Jeune, la fille d'Antonin. Il exerce son deuxième consulat. Dédicace du temple du Divin Hadrien.

146
Marc Aurèle reçoit la puissance tribunicienne et l'*imperium* proconsulaire, afin de consolider sa place d'héritier à la pourpre.

147
Marc Aurèle est associé au pouvoir impérial sous le nom de Marcus Aelius Aurelius Antoninus.

152
Rétablissement de la paix en Maurétanie Césarienne et en Maurétanie Tingitane.

152-153
Révolte en Égypte.

157-158
Opérations militaires contre les tribus daces.

160
Répression de soulèvements en Afrique.

7 mars 161
Mort d'Antonin le Pieux.

161-180
Marc Aurèle

161-169
Lucius Vérus

161
Marc Aurèle devient empereur. Il associe au pouvoir son frère adoptif, Lucius Aurelius Commodus, qui devient l'empereur Lucius Aurelius Vérus Augustus.

161-166
Guerre contre les Parthes conduite par Lucius Vérus.

162
À la tête de son armée, le roi des Parthes Vologèse envahit l'Arménie, la Syrie et la Cappadoce. Lucius Vérus est en Orient. La même année une révolte éclate en Bretagne.

Vers 162-200
Galien de Pergame séjourne à Rome. Héritier d'une tradition de physiciens remontant à Hippocrate (dont il a commenté l'œuvre), il est le dernier grand médecin de l'Antiquité. Ses travaux à caractère encyclopédique eurent une influence considérable durant tout le Moyen Âge et l'époque moderne.

163
Vérus est battu à Antioche, mais ses généraux Statius Priscus et Avidius Cassius prennent Artaxata. L'Arménie est de nouveau sous le contrôle des Romains.

164
Défaite des Parthes et destruction de Séleucie et de Ctésiphon.

164-165
La peste se répand en Asie Mineure depuis Séleucie, puis gagne l'Égypte, l'Italie et le Rhin.

166

Victoire romaine en Médie. L'Osrhoène est annexée à la Cappadoce et Carrhae devient une colonie romaine. Soemo (prince oriental et sénateur romain) monte sur le trône d'Arménie. Lucius Vérus célèbre avec Marc Aurèle son triomphe sur les Parthes (12 octobre).

Vers 166

L'Italie est découpée en circonscriptions administratives dirigées par des *iuridici*. Dotés de pouvoirs judiciaires étendus, ces derniers ont une autorité comparable à celle des gouverneurs. Cette réforme temporaire constitue un pas vers l'assimilation du territoire italien à celui des provinces qui n'adviendra pourtant que sous Dioclétien, à la fin du IIIe siècle.

167-175

Guerre contre les Marcomans (Bas-Danube).

167

Déclenchement de la guerre en Pannonie supérieure contre les Quades et les Marcomans qui franchissent le Danube et parviennent jusqu'en Italie du Nord où ils font le siège d'Aquilée. Destruction d'Opitergium (l'actuelle Oderzo en Vénétie).

168

Contre-offensive de Marc Aurèle et Lucius Vérus qui repoussent les Germains et hivernent à Aquilée.

Janvier 169

Mort de Lucius Vérus. Marc Aurèle poursuit la

guerre contre les Germains. Il établit son camp à Carnuntum (l'actuelle Petronell).

169-175

Les opérations contre les Germains se poursuivent avec succès. Le front se déplace également dans le bassin des Carpates, contre des nomades iranophones, les Sarmates (en particulier les Iazyges). En 173, Marc Aurèle déplace son camp à Sirmium (l'actuelle Sremska Mitrovica, sur la rive gauche de la Save), qui deviendra la capitale de la Pannonie sous Dioclétien.

171-172

Répression d'une insurrection des Maures qui avaient franchi le détroit de Gibraltar et pillé le Sud de l'Espagne.

172-173

Le gouverneur de Syrie, Avidius Cassius, également doté d'un grand commandement sur l'Orient, réprime la révolte des « bouviers » dans le Delta du Nil.

174

Marc Aurèle engage la rédaction de ses *Méditations*. Cette œuvre composée sur le front et rédigée en grec constitue l'un des grands textes de la pensée stoïcienne : « À toute heure du jour, songe gravement, comme Romain et comme homme, à faire ce qui t'incombe avec le sérieux d'un homme exact et simple. » (II, 5.)

175
Conclusion de la paix avec les Marcomans, les Quades et les Iazyges qui doivent restituer les prisonniers et se soumettre à une surveillance de l'armée romaine à laquelle ils fournissent des contingents. Certains d'entre eux furent installés dans l'Empire, y compris dans le Nord de l'Italie, où ils tentèrent un soulèvement.

Avril 175
Avidius Cassius, le gouverneur de Syrie, est acclamé empereur. L'usurpateur est assassiné en juillet, avant même de devoir affronter l'armée de Marc Aurèle.

176
Voyage en Orient de Marc Aurèle. Il se rend également en Égypte afin de rétablir l'ordre après l'usurpation d'Avidius Cassius. De retour à Rome, Marc Aurèle célèbre son triomphe sur les Germains. Commode, son fils, est désigné comme successeur.

177
Commode prend le titre d'Auguste. Reprise de la guerre par les Marcomans. Recrudescence de l'épidémie de peste.

177
La constitution impériale portée sur une célèbre inscription (la table de Banasa) octroie le droit de cité romaine à une famille de Maures (Zagrenses), en récompense de leur fidélité, tout en leur permettant de conserver leurs droits coutumiers. Quoique d'une application limitée, une telle disposition

annonce dans son principe l'octroi universel de la citoyenneté romaine par Caracalla en 212.

177
À l'initiative du gouverneur de Gaule Lyonnaise, des chrétiens sont martyrisés à Lyon et Vienne.

177-180
Après deux années de trêve, la guerre reprend sur le Danube à l'initiative des Quades et des Marcomans (*Expeditio germanica secunda*). À l'été 178, l'empereur se rend lui-même sur le Danube avec son fils Commode pour prendre le commandement des opérations.

17 mars 180
Marc Aurèle meurt de la peste, sans doute à Vindobona (Vienne), alors qu'il envisageait, pour conclure ses victoires, de créer deux nouvelles provinces de Marcomanie et Sarmatie.

180-192
COMMODE

180
Commode conclut la paix avec les barbares et regagne Rome, plutôt que d'achever l'entreprise militaire de son père, contre l'avis des conseillers de ce dernier.

181
Le gouvernement est entre les mains des préfets du prétoire, Paternus et Tigidius Perennis.

182
Conjuration de Lucilla, la sœur de Commode,

veuve de Lucius Vérus et épouse de Claudius Pompéianus (l'un des amis de Marc Aurèle). Elle est reléguée puis exécutée, à l'instar des autres conjurés. Parmi eux tombe Paternus, à l'instigation de l'autre préfet du prétoire, Perennis, qui devient l'homme fort du règne jusqu'en 185.

183-184
Opérations militaires contre les Brigantes dans le Nord de la Bretagne. Le mur d'Antonin est abandonné, la défense romaine se replie sur le mur d'Hadrien.

185
Exécution de Perennis. Un affranchi, le chambellan (*cubicularius*) Cléandre, devient à son tour l'homme le plus influent auprès de l'empereur, jusqu'en 189. Comme sous les règnes de Claude et Néron, les affranchis règnent au palais et certains d'entre eux entrent au sénat.

186
Le gouverneur Pertinax (futur empereur) réprime une mutinerie de l'armée en Bretagne.

188
L'impératrice Crispina est reléguée puis exécutée.

188-190
Des soulèvements sont réprimés en Afrique et en Germanie.

190
À l'occasion d'une émeute populaire, peut-être commanditée par le préfet de l'annone (la charge assu-

rant le ravitaillement en blé de la capitale), Cléandre et ses enfants sont exécutés sur l'ordre de l'empereur. Commode est désormais paré du titre d'Hercules romanus. Il subit l'influence conjuguée de sa favorite Marcia, du mari de cette dernière, le chambellan Eclectus, et du préfet du prétoire, Aemilius Laetus.

192
Commode fait exécuter plusieurs sénateurs, tandis que Rome prend le nom de *colonia Commodiana*. Le 31 décembre, Commode est assassiné à l'instigation de Marcia, d'Eclectus et d'Aemilius Laetus.

192-337

CHRONOLOGIE DE la Rome antique

Parcourons dans un musée une galerie de bustes impériaux, depuis les successeurs de Commode, assassiné en 192, jusqu'à Constantin, mort en 337, et l'on verra se transformer radicalement, en moins d'un siècle et demi, les caractéristiques essentielles qui avaient défini l'art romain du portrait en ronde bosse depuis l'époque républicaine : au naturalisme soulignant la singularité du visage se substitue, selon une évolution complexe et non linéaire, la géométrisation des traits et l'abstraction du regard. La rupture qui s'opère alors avec la tradition hellénisante conditionne la genèse de l'art de l'Antiquité tardive. L'évolution des formes, assurément, ne saurait se laisser étroitement encadrer entre les deux dates retenues. Celles-ci ne sont que des indications dans la succession de règnes. Elles constituent néanmoins deux points de repères également pertinents pour envisager les transformations ou les bouleversements qui ont affecté le monde romain au cours du IIIe siècle et des premières décennies du IVe.
La guerre civile ouverte par la mort de Commode et de son successeur immédiat Pertinax, en renouant avec les désordres de l'année 69, met un terme à la longue période de stabilité du pouvoir impérial qui avait précédé. Certes, le vainqueur du conflit, Septime Sévère, parvient à imposer que ses fils lui succèdent. La transmission du pouvoir se fera presque de façon ininterrompue dans la même famille, jusqu'en 235. Mais chacun de ses successeurs meurt assassiné, à la faveur d'intrigues de

cour ou des choix de l'armée. Au cours des deux décennies suivantes, les violences se poursuivent et les règnes se font plus brefs, jusqu'à ce que la succession des empereurs, à partir du milieu du siècle, soit directement exposée aux aléas de la conjoncture militaire et se produise concurremment ou en cascade. Les sources littéraires sont ici très lacunaires, mais les données de la numismatique et de la papyrologie permettent de prendre la mesure des dangers qui contribuent à cette instabilité.

En 251, l'empereur Dèce disparaît sur le champ de bataille en poursuivant l'ennemi. L'Empire est alors entré dans une période de crise, déterminée par une pression sur toutes les frontières, bien plus grave que celle qu'avait affrontée Marc Aurèle au siècle précédent. Tandis que les Germains font des incursions profondes jusque sur le sol italien, de nouveaux venus, les Goths, multiplient les raids maritimes et terrestres depuis le Bas-Danube et la mer Noire, jusque dans les Balkans, l'Égée et l'Asie Mineure. Des troubles se produisent également en Maurétanie et en Égypte. En Orient surtout, les Perses Sassanides constituent un adversaire bien plus redoutable et entreprenant que les Parthes qu'ils ont remplacés depuis 226. À la faveur des revers militaires, les usurpations se multiplient, l'unité territoriale est menacée, des provinces sont ravagées, d'autres définitivement perdues. Sans que l'on puisse en préciser exactement la diffusion ni quantifier les victimes, la peste, de son côté, sévit encore.

Néanmoins, toutes les régions ne sont pas touchées et en dépit de règnes brefs, l'effort de redressement est constant : l'œuvre des « empereurs soldats » a préparé le retour à la sécurité ainsi que les réformes (militaires, financières, administratives) engagées par Dioclétien et poursuivies par Constantin. C'est dans ce contexte troublé que s'opèrent les mutations culturelles et religieuses qui, en moins d'un siècle et demi, ont profondément transformé la société romaine. Persécutés à plusieurs reprises dans la deuxième moitié du IIIe siècle, et pour la première fois, en principe, à l'échelle de l'Empire dans son entier, les chrétiens accueillent avec soulagement la conversion de l'empereur Constantin au lendemain de la bataille du pont Milvius (312). Cet acte ne signifie pas que l'Empire est déjà devenu chrétien, mais ce choix conditionne de manière décisive le développement qui se produit en ce sens au cours des décennies suivantes. Commode avait été assassiné en 192, alors qu'il s'identifiait à Hercule et se serait travesti parfois en d'autres divinités. Constantin se fait ensevelir en 337, un an après son baptême, comme l'« égal des apôtres ». Alors que le premier n'avait presque pas quitté Rome, le second achevait en mourant la monumentalisation de la « seconde Rome », Constantinople. Dans l'intervalle, les cités de Trèves, Milan, Sirmium, Thessalonique, Nicomédie, dotées également d'une parure monumentale, sont devenues de véritables capitales régionales d'un Empire dont l'administration et le découpage territorial ont été entièrement réorganisés. Quoique l'on ait parfois cherché les raisons d'en relativiser l'impact à l'échelle locale ou régionale, la crise du IIIe siècle et les réformes qu'elle a engendrées ont transformé la physionomie du monde romain dans son ensemble.

31 décembre 192

Suite à l'assassinat de Commode, le préfet de la Ville Pertinax (admis au sénat à l'époque de Marc Aurèle auprès duquel il avait combattu), est présenté aux prétoriens qui l'acclament empereur. Le sénat le reconnaît et procède à la condamnation rétrospective du règne de Commode (*abolitio memoriae*).

1er janvier-28 mars 193

PERTINAX

28 mars 193

Après trois mois de règne au cours desquels il tente de rétablir les finances de l'État, Pertinax est assassiné dans son palais par les prétoriens. Ces derniers acclament le sénateur Marcus Didius Julianus, en raison des largesses qu'il leur promet.

28 mars-2 juin 193

DIDIUS JULIANUS

Les deux mois de règne de Didius Julianus sont marqués par une impopularité croissante.

9 avril 193

Le légat de Pannonie supérieure, Septime Sévère, est acclamé par ses troupes à Carnuntum. Après avoir reçu le soutien des légions du Danube et du Rhin, il neutralise le légat de Bretagne Clodius Albinus en le nommant César, puis marche sur Rome. Au même moment, à Antioche, le légat de

Syrie, Pescennius Niger, est également acclamé par ses troupes. Il reçoit le soutien de l'Orient et de l'Égypte.

193-235

Dynastie des Sévères

193-211

Septime Sévère

1er juin 193

Le sénat dépose Didius Julianus qui est mis à mort. Le titre d'Auguste est accordé à Septime Sévère. Ce dernier fait son entrée dans la Ville quelques jours plus tard (9 juin), démobilise les prétoriens remplacés par des soldats des légions panonniennes, puis fait procéder aux funérailles et à l'apothéose de Pertinax. Durant l'été il repart vers l'Orient pour battre Pescennius Niger.

194

Après avoir franchi les détroits et obtenu plusieurs succès, l'armée de Sévère remporte la bataille d'Issos (printemps). Pescennius Niger est capturé et exécuté. Septime Sévère prend le contrôle des provinces d'Orient en châtiant les cités qui avaient soutenu son adversaire.

195

Septime Sévère pénètre en Mésopotamie et remporte plusieurs victoires contre des peuples limitrophes, en premier lieu les Parthes. En se déclarant fils de Marc Aurèle et en faisant appeler son fils aîné, le futur empereur Caracalla, Marcus Aurelius

Antoninus, il se présente comme le continuateur de la prestigieuse dynastie antonine qui l'avait précédé durant un siècle de stabilité du pouvoir. En réaction, Clodius Albinus se fait acclamer empereur en Bretagne.

195-197
Clodius Albinus

196
Après deux années de siège, la cité de Byzance qui avait soutenu Niger est prise. Caracalla prend le titre de César.

197
Clodius Albinus se suicide après avoir été battu à proximité de Lyon (17 février). En juin, Sévère rentre à Rome où il fait exécuter une quarantaine de sénateurs soupçonnés d'avoir soutenu son rival.

197
Tertullien (vers 160-vers 225) rédige à l'adresse des gouverneurs de province son *Apologie*, pour la défense des chrétiens et du christianisme. Ce plaidoyer, une des œuvres les plus lues dans l'Antiquité tardive, fait partie des rares écrits chrétiens de langue latine traduits en grec. Néanmoins, le prestige de ce Père de l'Église d'Occident tient surtout à son œuvre de théologien, plus qu'à celle d'apologétiste, ou à ses essais contre les païens.

198
Guerre contre les Parthes. Après la prise de la capitale, Ctésiphon, Septime Sévère reçoit le titre de

Parthicus Maximus et consolide sa politique dynastique en faisant proclamer son fils aîné Caracalla Auguste et Géta, le cadet, César. Conformément au projet de Trajan, une province de Mésopotamie est créée (dans la partie septentrionale des régions entre le Tigre et l'Euphrate), avec pour capitale Nisibe. Cependant, la cité caravanière d'Hatra (sur la piste qui relie Ctésiphon à Nisibe) résiste au siège de l'armée romaine.

199-201

Le séjour de la cour impériale se prolonge en Égypte et en Syrie.

Avril 202

Après avoir traversé l'Asie, la Thrace, la Mésie et la Pannonie, l'empereur rentre à Rome. Conformément à la tradition instaurée par Auguste, Septime Sévère célèbre ses dix années de règne (*decennalia*), signe d'un retour à la stabilité du pouvoir impérial, ainsi que son triomphe parthique. Antoninus Caracalla épouse Plautille, la fille du préfet du prétoire Plautianus.

7 mars 202 ou 203

Martyre de Perpétue et Félicité dans l'amphithéâtre de Carthage à l'occasion des jeux donnés pour l'anniversaire du César Géta. Le journal de prison rédigé par Perpétue est la première autobiographie féminine de l'Antiquité qui ait été conservée.

203-204

L'empereur se rend en Afrique (Tripolitaine, Numidie, et peut-être Maurétanie). Il rentre à Rome dans le courant de l'année 203. Après la dédicace de son arc de triomphe sur le Forum, il engage un vaste programme de restaurations d'édifices sur le Champ de Mars et de constructions (le Septizonium, sur le Palatin), renouant avec une grande politique édilitaire dans la capitale.

204
Célébration des Jeux séculaires. Les précédents avaient eu lieu sous Auguste et Domitien. À Diane et Apollon sont associés Hercule et Bacchus, les dieux de la cité d'origine de cet empereur d'origine africaine, Lepcis Magna.

205
Le préfet du prétoire Plautianus, au sommet de sa puissance, est assassiné dans le palais impérial, ses biens sont confisqués. Sa fille Plautilla, épouse de Caracalla, est reléguée. Les nouveaux préfets du prétoire sont Maecius Laetus et le juriste Papinien. Ce dernier, figure emblématique de la casuistique de l'âge sévérien, sera considéré comme un modèle dans les écoles de droit à partir de Constantin et jusqu'à la fin de l'Antiquité.

206
Premier consulat de l'historien Dion Cassius (né vers 155). Ce Grec, ami de l'empereur et membre du cercle des lettrés qui entourent l'impératrice Julia Domna, est l'auteur d'une *Histoire romaine* en quatre-vingts livres (seules les années 68-10 av. J.-C. ont été entièrement conservées). Le régime

mis en place par Auguste réunit, selon lui, les avantages de la tyrannie et de la démocratie.

206-207
Le Sud de l'Italie, probablement exposé à des difficultés économiques et sociales, est troublé par les activités du brigand Bulla, finalement capturé et exécuté.

207-210
Septime Sévère, accompagné de Caracalla et Géta, conduit plusieurs campagnes militaires en Bretagne contre les tribus du Nord (la province avait été en partie dégarnie de ses troupes par Clodius Albinus dix ans auparavant).

208
À la fin de l'année, Géta devient Auguste. Il était César depuis 198.

4 février 211
Septime Sévère, malade, meurt à Eburacum (York).

211
Caracalla négocie une paix durable, rétablit la frontière le long du mur d'Hadrien et regagne Rome dans un climat de tension croissante avec son frère Géta.

211-212
Géta

211-217
Caracalla

27 février 212
Géta est assassiné par son frère Caracalla. Ses partisans sont exécutés, leurs biens confisqués, le nom de Géta disparaît de tous les monuments publics.

212
Constitution antonine (ou « édit de Caracalla »). Tous les hommes libres de l'Empire, à l'exception de quelques catégories (en particulier les déditices, des barbares installés sur le sol romain), reçoivent la citoyenneté romaine, tout en conservant leurs droits locaux, conformément à la procédure décrite sur la table de Banasa (177).

213
Campagne victorieuse de Caracalla (devenu Germanicus Maximus) contre la ligue des Alamans. Ces derniers menaçaient la sécurité des champs Décumates, protégés depuis le règne de Vespasien. C'est aussi la première confrontation des Romains avec ce peuple de Germains. Au lendemain de la victoire, le système de défense de cette frontière, constitué de palissades de bois depuis Antonin le Pieux, est renforcé par des constructions en pierre.

214
Caracalla cherche à s'identifier à Alexandre le Grand. Paré du superlatif Magnus, il se veut, tel Hercule, le pacificateur du monde (*pacator urbis*). Il décide de se rendre en Orient pour entreprendre une grande expédition contre les Parthes. La traversée des provinces danubiennes lui permet de recruter des contingents barbares pour renforcer son armée.

215
L'empereur se rend en Égypte. Il ordonne le massacre de la population d'Alexandrie pour la punir du mauvais accueil qui lui a été réservé.

8 avril 217
Tandis que les préparatifs de l'offensive contre les Parthes se prolongent. Caracalla est assassiné à proximité de Carrhae, en Mésopotamie, à l'instigation du préfet du prétoire, Macrin. Trois jours plus tard, ce dernier est acclamé empereur par la troupe.

217-218
Macrin

217
Julia Domna, la mère de Caracalla, se laisse mourir de faim. Outre l'ascendant qu'elle exerçait sur son fils pour le gouvernement de l'empire, l'impératrice avait réuni autour d'elle depuis vingt ans un cercle d'écrivains, de rhéteurs et de philosophes, parmi lesquels l'historien Dion Cassius (consul en 206), Philostrate (175-249), Diogène Laerce ou Élien (170-235) comptent parmi les figures les plus célèbres.

217
Premier chevalier à accéder à l'empire, Macrin ne parvient pas à recevoir l'adhésion du sénat. Après avoir obtenu par la négociation un arrêt des hostilités avec les Parthes, il s'emploie à réduire les dépenses militaires et s'attire le ressentiment des soldats. Les intrigues de la famille sévérienne, conduites par Julia

Maesa, sœur de Julia Domna, et par ses filles, Julia Soaemias et Julia Mamaea, provoquent sa chute. À l'issue d'un soulèvement militaire, il est assassiné, ainsi que son fils Diaduménien. Le fils de Julia Soaemias, Varius Avitus, prêtre du dieu d'Émèse, Sol Élagabal, devient empereur sous le nom de Marcus Aurelius Antoninus, à l'âge de 14 ans. Il est connu sous le nom d'Élagabal.

218-222
ÉLAGABAL

219-222
Élagabal séjourne à Rome. Le gouvernement est entre les mains de sa grand-mère, Julia Maesa, et du préfet du prétoire, Publius Valerius Comazon. Outre les extravagances de son comportement, le jeune prince transgresse les traditions religieuses romaines. Il introduit sur le Palatin le culte du dieu d'Émèse.

Juin 221
Sollicité par sa grand-mère Julia Maesa et par sa tante Julia Mamaea, Élagabal adopte le fils de celle-ci en présence du sénat : Alessianus Bassus devient Marcus Aurelius Alexandre. Il est fait César au mois d'avril.

11 mars 222
Les prétoriens tuent Élagabal et sa mère Julia Soaemias. Ils saluent empereur Alexandre.

222-235
SÉVÈRE ALEXANDRE

Le gouvernement est entre les mains de la grand-mère d'Alexandre, Julia Maesa, et du préfet du prétoire, Ulpien, l'un des plus grands juristes de l'époque sévérienne. Au cours de ce règne modéré et favorable aux sénateurs, le conseil du prince (*consilium principis*), instance collégiale de décision, joue un rôle accru. C'est pourquoi, la biographie de l'*Histoire Auguste* (fin du IVe siècle) fait de ce prince un modèle.

223
Exécution du préfet du prétoire Ulpien par les prétoriens.

226
Après avoir éliminé le dernier souverain arsacide (Artaban V) deux ans auparavant, Ardashir fonde l'Empire des Sassanides qui ne disparaîtra qu'en 651. Cet État hiérarchisé et centralisé, par opposition aux structures lâches de l'Empire parthe qui l'avait précédé, fait preuve d'une nouvelle agressivité aux confins de l'Empire romain.

230
Les Perses commandés par Ardashir envahissent la Mésopotamie, assiègent Nisibis et menacent la Cappadoce.

230
Origène (vers 185-vers 252) quitte Alexandrie et s'installe à Césarée. Julia Mamaea le fait venir à Antioche l'année suivante pour s'informer sur le christianisme. Il est l'auteur d'œuvres exégétiques et de nombreux traités, dont le plus connu est

sans doute le *Contre Celse* (248), où il réfute les thèses portées par ce dernier contre les chrétiens.

231-232
Campagne de Sévère Alexandre en Orient.

233
De retour à Rome, l'empereur célèbre son triomphe « parthique », mais la tradition littéraire révèle que l'armée romaine n'a pas su exploiter ses premiers succès en Mésopotamie. L'inachèvement des opérations s'explique par la nécessité de faire face à la pression des Alamans sur les champs Décumates.

234
Alexandre installe son quartier général à Mogontiacum (Mayence).

Mars 235
Les atermoiements de l'empereur et de son entourage, disposés à négocier avec les barbares, mécontentent l'armée. Sévère Alexandre et sa mère, Julia Mamaea, sont assassinés. Les recrues pannoniennes proclament empereur l'officier Maximin, un Thrace d'origine paysanne. Quoique ce soldat puisse apparaître comme un « demi-barbare », il est presque aussitôt reconnu par le sénat.

235-238
Maximin le Thrace

Été 235
Maximin rétablit la situation militaire et s'emploie à fortifier la frontière des champs Décumates.

236-237
Maximin conduit depuis Sirmium deux expéditions victorieuses contre les Sarmates, les Quades et les Daces libres. Son fils Maxime reçoit le titre de César. Le coût de l'effort militaire se traduit par une pression fiscale dans tout l'empire.

238
En Afrique, les propriétaires fonciers de la région de Thysdrus (El-Djem, en Tunisie) assassinent le procurateur du fisc impérial et proclament empereur le proconsul d'Afrique, Gordien, qui accepte, à condition d'avoir son fils homonyme comme collègue. À Rome, le sénat fait exécuter le préfet du prétoire Vitelianus, un fidèle de Maximin, et confirme la proclamation des deux Gordien. Maximin et Maxime sont déclarés ennemis publics par le sénat qui institue une commission de vingt consulaires « chargés de sauver l'État » (*Rei publicae curandae*).

238
GORDIEN Ier et GORDIEN II

238
En Afrique, la légion III Augusta, commandée par le légat de Numidie Capellianus, demeuré fidèle à Maximin, réprime la révolte. Au cours d'une bataille à proximité de Carthage (autour du 20 janvier) les Gordien sont battus (Gordien II meurt sur le champ de bataille, Gordien Ier se suicide). Depuis le Danube, Maximin marche sur l'Italie. À Rome, le sénat décerne le titre d'Auguste à Pupien et Balbin,

choisis dans le collège des vingt consulaires. Les prétoriens exigent que soit nommé César le petit-fils de Gordien Ier, âgé de 13 ans, Gordien III.

238
Pupien et Balbin

Avril-mai 238
Maximin parvient en Italie. Pupien marche à sa rencontre mais Balbin se heurte à Rome à la plèbe et aux prétoriens, restés fidèles à Maximin. Ce dernier fait le siège d'Aquilée, mais il est bientôt tué, en même temps que son fils, par ses troupes qui passent sous le commandement de Pupien. Pupien rentre à Rome. Les prétoriens vengent Maximin en assassinant Balbin et Pupien. Ils proclament Auguste Gordien III.

238
Les Carpes et les Goths traversent le Danube, tandis que les seconds assiègent également Histria sur la mer Noire. Originaire de Scandinavie, cette fédération de peuples s'est progressivement déplacée vers le Sud, depuis le IIe siècle, comme en témoigne sur le plan archéologique la diffusion de la culture de Tcherniakov (à proximité de Kiev). Leur entrée dans l'histoire de Rome constitue également l'une des premières graves crises subies par l'Empire au cours du IIIe siècle.

238-244
Gordien III

238-241
Offensives perses conduites par le roi Ardashir, puis par son fils Sapor (Shahpur) Ier contre les positions romaines en Mésopotamie. Les Perses visent également à couper l'Arménie du contrôle de Rome.

242
Nouvel assaut des Carpes et des Sarmates (Roxolans) sur le Danube.

242
Gordien III et son beau-père, le puissant préfet du prétoire Timésithée, se rendent en Orient à la tête de forces considérables. Au cours de leur avancée, ils repoussent les Carpes, les Goths et les Sarmates. Des contingents de barbares sont enrôlés dans l'armée romaine. Le philosophe Plotin (205-270), fondateur du néoplatonisme, participe à l'expédition.

243
Offensive romaine. Victoire de Rhesaena en Mésopotamie. Timésithée meurt. Il est remplacé à la préfecture du prétoire par Philippe l'Arabe.

243
Début des prédications de Mani, né en 216 en Babylonie. Le manichéisme est une gnose qui oppose deux royaumes antagonistes, celui du Père de la grandeur, fait de lumière, et celui du prince des ténèbres. L'Église manichéenne est hiérarchisée sur le modèle de l'Église chrétienne, pour laquelle elle représenta un danger. Les manichéens seront persécutés par l'empereur Dioclétien (édit de 297).

Mars 244
Après une défaite face aux Perses, mort de Gordien III. Philippe l'Arabe est acclamé empereur. La Mésopotamie reste dans l'Empire, mais l'Arménie est perdue et un tribut versé aux Perses.

244-249
PHILIPPE L'ARABE

244
Philippe confie la garde de l'Orient à son frère Julius Priscus (*rector Orientis*). Lui-même rentre à Rome où son fils est élevé au rang de César. Offensive des Alamans en Alsace, incendie de Saletio (Selz).

244-246
Incursions des Carpes et des Goths dans les Balkans.

246-247
Rétablissement militaire sur le Danube et réorganisation de la frontière.

247
Philippe rentre à Rome où il célèbre le triomphe. Son fils Philippe reçoit le titre d'Auguste (août). Engagement d'une politique de réformes administratives et financières. La paix semble revenue, les empereurs sont désignés comme les « restaurateurs du monde entier » (*restitutores totius orbis*).

247
Le philosophe Plotin s'installe à Rome où il enseigne la philosophie, jusque sous le règne de Gallien.

21 avril 248

Célébration du premier millénaire de la ville de Rome. Le temple de Vénus et de Rome, construit par Hadrien, constitue le pivot des cérémonies. Une époque nouvelle, célébrée par la légende monétaire *Saeculum Novum*, paraît inaugurée, après une décennie de difficultés.

Fin 248-début 249

Usurpations éphémères de Pacatien sur le Danube et de Jotapien en Orient.

Septembre-octobre 249

Philippe est battu près de Vérone par un autre usurpateur, Dèce, bientôt reconnu empereur par le sénat. Son fils est assassiné à Rome par les prétoriens.

249-251

Dèce

250

Première persécution contre les chrétiens ordonnée à l'échelle de l'Empire par un empereur. Un édit enjoint aux habitants de l'Empire d'accomplir des rites sacrificiels païens. Les récalcitrants sont persécutés. Le pape Fabien est martyrisé à Rome (20 janvier), plusieurs évêques sont exécutés ou se réfugient dans le désert, à l'instar de Cyprien de Carthage qui échappe cette fois à la persécution. Il œuvre ensuite pour la réintégration dans l'Église des chrétiens qui sont « tombés » (les *lapsi*) en acceptant de se soumettre à l'édit impérial. Un délai pénitentiel leur est imposé.

250
Épidémie de peste.

250-251
Les Goths, conduits par leur roi Cniva, franchissent le Danube. Dèce se rend avec son fils Herrénius Étruscus sur le champ de bataille. Ce dernier meurt au combat. L'empereur lui-même disparaît à son tour à Abrittus (Razgad), dans les marais de la Dobroudja, alors qu'il poursuivait des Goths (printemps 251). Ces derniers se retirent avec les captifs et leur butin. Les soldats qui ont survécu à la défaite désignent comme empereur le sénateur italien Trébonien Galle, qui négocie avec les barbares en leur assurant le paiement d'un tribut annuel.

251-253
TRÉBONIEN GALLE

251
Trébonien Galle gagne Rome où il s'associe au jeune Hostilien, le second fils de Dèce, qui meurt bientôt, et désigne son propre fils Volusianus César, puis Auguste. En Orient, Sapor Ier occupe Nisibis et enlève le trône d'Arménie à l'Arsacide Chosroe, allié des Romains.

251
Excommunication de Novatien, prêtre de Rome, et premier écrivain chrétien de langue latine de Rome sûrement attesté. Il prônait une discipline rigoureuse vis-à-vis de tous les croyants qui avaient failli

durant la persécution, par opposition à la mansuétude de l'évêque Corneille, partisan d'une réponse proportionnée à la faute. Ce schisme trouble le monde chrétien tout entier. Novatien est sans doute mort pendant la persécution de Valérien (257-258), mais l'Église novatienne est attestée jusqu'au VIe siècle.

251-253

Les Perses envahissent la Syrie et prennent Antioche, la capitale de la province. Cependant, un potentat local, Uranius Antoninus, leur inflige une défaite et s'empare du pouvoir dans la région qu'il contrôle.

253

Reprise des attaques des Goths sur divers points de la frontière de l'Empire, jusqu'en Asie Mineure. Aemilien est acclamé empereur.

253

AEMILIEN

Mai 253

Guerre civile. Trébonien Galle et Volusien sont éliminés par Aemilien à Interamma (l'actuelle Terni).

Août 253

Aemilien est assassiné par ses troupes à Spolète.

Octobre 253

Le sénat reconnaît Valérien, qui associe son fils Gallien au pouvoir, avec le titre d'Auguste. Tandis que Gallien gagne l'Illyricum, Valérien se rend en Orient.

253-260
VALÉRIEN

253-268
GALLIEN

254
Élimination de l'usurpateur Uranius Antoninus. Libération de la Syrie, réorganisation du système de défense. Valérien se bat ensuite contre les Goths de la mer Noire.

254
Gallien se rend en Illyricum. Les Marcomans attaquent la Pannonie et atteignent Ravenne qu'ils pillent.

256
Une offensive perse est repoussée en Orient par Valérien. Dans la zone rhénane, Gallien bat les Francs et les Alamans. Cologne devient une importante résidence impériale. L'Illyricum est placé sous l'autorité nominale de Valérien le Jeune, devenu César, afin de prévenir les risques d'usurpation.

257
Édit de Valérien et Gallien qui marque la reprise de la persécution contre les chrétiens. À la fin de l'année Valérien se rend de nouveau en Orient. Gallien se déplace du Rhin vers le Danube.

258
Nouvel édit de Valérien et Gallien contre les chrétiens, qui confirme et aggrave le précédent. Martyre de l'évêque de Rome, Sixte II, et de l'évêque de

Carthage, Cyprien (14 septembre). Ce dernier avait reçu sa chaire dix ans auparavant. Sa *Correspondance* et ses traités ont fait l'objet d'une diffusion considérable dans l'Antiquité tardive et au Moyen Âge.

258
Valérien gagne de nouveau l'Orient, tandis que Gallien doit quitter Cologne pour l'Illyricum afin de réprimer la révolte du général Ingenuus. Celui-ci avait pris le pouvoir à la place de Valérien le Jeune.

259
Les Alamans envahissent l'Illyricum et la Gaule. Les Juthunges envahissent l'Italie. Gallien est acculé dans la plaine du Pô.

Hiver 259-260
Raid maritime et terrestre des Goths de la mer Noire.

260
Capture de Valérien par les Perses à Édesse. Usurpations du général Postumius en Gaule, où il bat et tue le César Salonin, le deuxième fils de Gallien. Acclamé par ses troupes, Postumius organise une sécession des provinces occidentales (Gaule, Espagne, Bretagne). L'existence de cet « Empire des Gaules » se prolonge jusqu'en 274. Usurpation de Régalien sur le Danube. En Orient, usurpation de Callistus-Ballista et de Macrien : les deux jeunes fils de celui-ci, Macrien le Jeune et Quiétus, prennent le titre d'Auguste. Cette année marque le sommet de la crise, l'Empire paraît menacé d'éclatement.

Juillet 260

Édit de tolérance de Gallien qui marque le commencement de la « Petite Paix de l'Église », laquelle se prolonge jusqu'à la Grande Persécution de 303. Les interprétations divergent : s'agissait-il d'un retour à la situation antérieure ou d'une reconnaissance explicite du christianisme par l'octroi du statut de « religion autorisée » (*religio licita*) ?

261

Macrien et son père progressent vers l'Occident. Ils sont battus et tués en Illyrie par Auréolus. Quiétus et Ballista sont attaqués en Orient par Odénath, le roi arabe de la cité de Palmyre. Le préfet d'Égypte, Mussius Aemilianus, se fait proclamer empereur.

262

Chute de Mussius Aemilianus. L'Égypte entre dans l'orbite d'Odénath auquel est attribué le titre de « chef des Romains » (*dux Romanorum*) et de garant d'un retour à l'ordre dans tout l'Orient (*corrector totius Orientis*). Il défend l'Orient contre les Perses et les Goths, assurant la puissance du royaume de Palmyre qui se prolongera jusqu'en 272.

Été 262

Gallien se rend à Rome où il célèbre ses *decennalia* (dix ans de règne). La peste atteint l'Italie et l'Afrique.

262-265

Tandis que Gallien défend les Balkans et l'Égée, Odénath remporte des victoires contre les Perses.

265 (ou 266)
Gallien gagne la Grèce où il est initié aux mystères d'Eleusis. Ce culte très ancien, qui jouit d'un regain de prestige, sera supprimé par Théodose en 393.

266 (ou 267)
Odénath est assassiné en même temps que son fils en Cappadoce. Gallien essaye de reprendre le contrôle de l'Orient, mais l'armée du préfet du prétoire Héraclianus, envoyée contre Zénobie, la veuve d'Odenath, et son fils Vaballath, est repoussée par les Palmyréniens qui rejettent ainsi l'autorité de Rome. Nouvelle attaque maritime des Goths en Asie Mineure.

267
Attaques des Hérules et des Goths sur terre et sur mer. À Athènes, ces barbares sont battus par une petite armée commandée par l'historien Dexippe, auteur d'une *Chronique* et des *Scythica* où il développe le thème de la lutte pluriséculaire des Grecs contre les barbares, sans même faire mention de la puissance romaine. Gallien bat les Goths dans les Balkans, puis doit se rendre dans le Nord de l'Italie pour contrer l'usurpation d'Auréolus.

268
Gallien est assassiné au cours du siège de Milan. Claude II est proclamé empereur. Après avoir éliminé Auréolus, il repousse les Alamans qui envahissent l'Italie du Nord.

268-270

Claude II le Gothique

268

Le philosophe Porphyre (234-305), disciple de Plotin, se retire en Sicile où il rédige son traité *Contre les chrétiens*. Son œuvre immense est presque entièrement perdue. Il exerça une grande influence sur Jamblique, propagateur du néoplatonisme en Orient, et sur Marius Victorinus qui, devenu chrétien, tenta de réconcilier cette philosophie païenne avec la foi.

269

Claude concentre son activité militaire contre les Goths qui pénètrent en Europe orientale, en Macédoine et en Grèce. Ils sont arrêtés par Aurélien et massacrés par Claude à la bataille de Naissus (Nis). En Gaule, Postumius est tué par ses soldats, peu après avoir célébré ses dix ans de règne (*decennalia*), à la tête de l'Empire gaulois. Marius puis Victorinus lui succèdent.

270

Au début de l'année, Claude meurt de la peste à Sirmium. Son frère Quintillus qui se trouvait à Aquilée pour la défense de l'Italie devient empereur avec le soutien du sénat.

270

Quintillius

Il règne soixante-dix-sept jours, jusqu'à ce que ses troupes désignent empereur un autre officier, Aurélien.

270-275
Aurélien

270

Aurélien bat sur le Danube les Alamans, les Marcomans, puis les Vandales et les Iazyges. Les Iuthunges envahissent l'Italie, mais ils sont repoussés durant l'hiver 270-271. Trois tentatives d'usurpations se succèdent, Septimus en Dalmatie, Urbanus en Mésie et Domitianus en Gaule. Les ouvriers des ateliers monétaires de Rome se soulèvent dans la capitale et sont durement réprimés.

271

Engagement des travaux de la muraille aurélienne à Rome. Pour la première fois depuis le IVe siècle av. J.-C., on entreprend des travaux de défense de la Ville, en raison de la menace barbare dans le Nord de l'Italie.

271

En Orient, Vaballath se proclame Auguste et Zénobie Augusta. Aurélien marche vers l'Orient, en battant d'abord les Goths et les Alains en Illyrie et en Thrace, mais il décide d'abandonner définitivement les territoires de la province de Dacie situés sur la rive gauche du Danube, conquis en 106. Le préfet Probus reprend l'Égypte qui avait été perdue en 269.

272

Aurélien réoccupe Antioche et Émèse. Après une marche à travers le désert, il prend Palmyre. Zénobie et Vaballath sont faits prisonniers. À l'automne, il se rend dans les Balkans où il bat les Carpes. Ultimes révoltes de Palmyre et de l'Égypte, réprimées par Aurélien qui détruit Palmyre.

273
En Gaule victoire d'Aurélien à la bataille des champs Catalauniques (près de Châlons-sur-Marne). L'armée de l'« Empire des Gaules » (fondé en 260) est battue. Celui-ci disparaît. Tétricus, qui avait succédé à Postumius et Victorinus à sa tête, se soumet.

274
Triomphe d'Aurélien à Rome. Dédicace du temple au *Sol Invictus*. Réformes de l'annone, des finances et du système monétaire. Aurélien se rend en Rhétie pour repousser une attaque des Iuthunges et des Alamans et préparer une offensive contre les Perses.

275
Aurélien est assassiné à proximité de Byzance. L'armée s'en serait remis au sénat de Rome pour la désignation d'un succcesseur. Le *princeps senatus* Tacite est désigné.

275-276
TACITE

275
Tacite nomme son demi-frère Florianus préfet du prétoire.

276
Des bandes de Goths, d'Alains et de Scythes envahissent l'Asie Mineure jusqu'à la Cilicie, mais ils

sont battus par Tacite et Florianus. Tandis que le second part à leur poursuite, l'empereur se rend en Italie, mais il meurt en mai ou en juin à Tyane (en Cappadoce). Sont acclamés empereurs et « chefs de tout l'Orient » (*duces totius Orientis*) Probus et Florianus.

276

Florianus

276-282

Probus

Été 276

Les deux compétiteurs s'affrontent à Tarse (Tarsus). Florianus est tué par ses propres soldats. Probus est retenu en Pannonie contre les Goths.

277

Probus parvient à repousser les Alamans qui ravageaient les provinces gauloises, également soumises aux incursions des Francs depuis l'année précédente. Fortification de la ligne de défense du Haut-Rhin.

278

Probus bat les Francs et renforce la défense du Bas-Rhin.

279

En Rhétie, Probus bat les Vandales et les Burgondes sur le fleuve Lech. Les envahisseurs sont repoussés au-delà du Danube. Campagnes de Pannonie, Mésie et Thrace contre les Sarmates et les Gètes.

280
Les généraux de Probus mettent fin au brigandage en Isaurie (érigée en province autonome et colonisée par des vétérans) et en Pamphilie (Asie Mineure), et repoussent en Égypte les attaques des Blemmyes. Usurpation de Bonosus et Proculus. Raids francs en Méditerranée, jusqu'à Syracuse.

281
Probus célèbre un triomphe à Rome. Usurpation de Saturninus qui est tué par ses propres soldats à Apamée.

282
L'empereur est de nouveau en Pannonie où il prépare une expédition contre les Parthes. Les préparatifs prennent du retard. Campagne du préfet du prétoire Carus en Rhétie et en Norique, et de Probus contre les Sarmates. Mais les soldats se révoltent contre la discipline excessive de l'empereur et le tuent à Sirmium dans l'été. Peu de temps avant, Carus avait été proclamé empereur en Rhétie.

282-283
Carus

282
Carus ne demande pas au sénat de ratifier son acclamation par les troupes. Il associe au pouvoir ses deux fils Carin et Numérien comme Césars. Une expédition des Quades sur le Danube est repoussée.

283
Campagne orientale de Carus et Numérien. Toute la Mésopotamie est occupée et la ville de Ctésiphon est prise. Carus est tué sur le Tigre. Ses deux fils prennent le titre d'Auguste, Numérien en Orient, Carin en Occident.

283-284
NUMÉRIEN

283-285
CARIN

284
Sous la pression de l'armée, Numérien interrompt son expédition contre les Perses et s'achemine vers les détroits. Il est tué à Périnthe par le préfet du prétoire, son beau-père Aper. Un conseil d'officiers prononce une sentence de mort contre ce dernier. Elle est exécutée par l'Illyrien Dioclétien. Usurpation de Julianus Sabinus.

20 novembre 284
Dioclétien est proclamé empereur à Nicomédie.

284-305
DIOCLÉTIEN

285
Carin bat l'usurpateur Julianus Sabinus et marche contre Dioclétien qu'il bat en été, en Mésie, au confluent du Margus (Morava) et du Danube. Il est pourtant tué par ses soldats. L'empire est réunifié sous le commandement de Dioclétien qui est

reconnu par le sénat. Dioclétien charge le Gaulois Carausius de surveiller les côtes entre la Manche (Schelda) et la Loire et de défendre la Bretagne.

Décembre 285 (?)

Dioclétien adopte et nomme César un de ses compagnons d'armes, un Pannonien de basse extraction, Maximien (qui avait été envoyé la même année contre les Bagaudes dans les Gaules).

286-310

MAXIMIEN

286

Dioclétien donne à Maximien le titre d'Auguste pour l'Occident.

286-288

Campagnes victorieuses de Maximien contre les Germains. En 288, ces derniers sont chassés de Rhétie par Dioclétien.

286-288

Activité de Dioclétien en Orient. Reconquête de la Mésopotamie et du protectorat sur l'Arménie, où est mis sur le trône l'Arsaside Tiridate III.

Fin 286

Soulèvement en Bretagne de la flotte de Carausius qui se proclame Auguste et annexe une partie de la Gaule (région de Boulogne).

286-297

Royaume breton de Carausius.

287
Dioclétien prend le titre de Jovius, « engendré par Jupiter », la divinité qui assure l'ordre du monde. Maximien reçoit celui d'Herculius, le héros dont la force agissante se place au service du premier.

288
Le 1er janvier, Maximien célèbre à Trèves le début de son second consulat. Campagne contre les Alamans. Première rencontre entre Dioclétien et Maximien Augustes à Mogontiacum (Mayence) où ils décident de s'attaquer à Carausius. Les préparatifs sont confiés à un autre officier illyrien, Constance.

289
Campagne de Dioclétien contre les Sarmates. La flotte de Maximien est détruite par une tempête.

Hiver 290-291
Deuxième rencontre de Dioclétien et Maximien à Milan. Nouvel accord pour combattre Carausius.

290-291
Provincialisation de l'Italie. La péninsule, qui avait toujours bénéficié d'un statut particulier, est découpée en province.

292
Campagne de Maximien contre les Alamans.

293
Naissance de la tétrarchie, collège de quatre empereurs (des officiers d'origine illyrienne) qui se répartissent territorialement les tâches civiles et militaires, tout en conservant l'unité administrative

de l'empire. Dioclétien Jovius confère le titre d'Auguste à Maximien Herculius. Chacun de ces deux Augustes adopte un César : Constance Chlore est associé au premier en Occident (1er mars), Galère au second en Orient (21 mai). Des unions matrimoniales renforcent cette « théologie du pouvoir ».

293
Campagnes de Constance contre l'usurpateur Carausius en Gaule. Ce dernier est assassiné par Adlectus qui prend sa place.

293-305
Dioclétien et Maximien Augustes
Constance et Galère Maximien Césars

294-297
Effort de pacification des provinces et de rétablissement des frontières en Orient et en Occident.

Vers 297
Dioclétien procède à un redécoupage des provinces en diminuant la superficie de chacune. Elles sont regroupées en circonscriptions plus vastes, les diocèses, lesquels seront à nouveau regroupés par Constantin en divisions plus larges, les préfectures du prétoire.

297
Édit de persécution contre les manichéens, qui entraîne leur dispersion en Afrique du Nord. Ce mouvement religieux s'était jusque-là diffusé depuis la Perse dans la partie orientale de l'Empire.

298
Paix de Nisibé. Dioclétien conclut la paix avec les Perses.

299
Construction des thermes de Dioclétien à Rome. Cet édifice témoigne de son souci de poursuivre l'œuvre édilitaire de ses prédécesseurs dans la Ville, en dépit de la « décapitalisation » en cours et de l'importance prise par d'autres grandes cités de l'Empire où résident les empereurs.

301
Réforme monétaire et édit du maximum, édit sur les prix visant à juguler l'inflation.

24 février 303
L'édit de Nicomédie qui ordonne de détruire toutes les églises et de jeter au feu les Écritures amorce la Grande Persécution.

303
Deuxième édit de persécution selon lequel tous les chefs des Églises doivent être jetés en prison. Un troisième les obligera à sacrifier.

20 novembre 303
Triomphe de Dioclétien et Maximien à Rome. Célébration des *vicennalia* (vingt ans de règne) et amnistie temporaire à l'endroit des chrétiens.

304
Quatrième édit de persécution qui étend l'obligation de sacrifier à l'ensemble des chrétiens. Son

application se poursuivra en Occident jusqu'en 306 et en Orient jusqu'en 313. L'impact de la Grande Persécution a été inégal suivant les régions : l'attitude très modérée de Constance Chlore en Gaule et en Bretagne, s'oppose à la violence de Maximien en Afrique, en Italie et en Espagne ou à celle de Dioclétien et Galère en Orient. L'Égypte est particulièrement touchée.

1er mai 305

Par ordre de Dioclétien, les deux Augustes abdiquent et sont remplacés par les deux Césars, Constance et Galère, auxquels sont adjoints comme Césars Sévère et Maximin Daïa. Sont écartés, en dépit de leur attente, le fils de Constance, Constantin, et le fils de Maximien, Maxence. Le partage des compétences territoriales est le suivant : Constance reçoit la Bretagne, la Gaule et l'Espagne ; Sévère l'Italie, l'Afrique et la Pannonie ; Galère l'Illyricum et l'Orient jusqu'au Taurus ; Maximin Daïa le reste de l'Orient. Dioclétien se retire du pouvoir dans son palais de Spalato (l'actuelle Split, en Croatie), Maximien dans une villa de Lucanie.

305-306

CONSTANCE Ier et GALÈRE MAXIMIEN Augustes

SÉVÈRE et MAXIMIN DAÏA Césars

305-307

SÉVÈRE

305-311

MAXIMIN DAÏA

25 juillet 306

Constance meurt à Eburacum (York). Constantin est proclamé Auguste par les troupes de Bretagne, puis se dirige vers le Rhin où il bat les Francs. Galère lui reconnaît seulement le titre de César et donne à Sévère le titre d'Auguste. Maximien sort de sa retraite et soutient d'abord son fils Maxence qui se proclame empereur au mois d'octobre.

306-307

Galère Maximien et Sévère Augustes
Maximin Daïa et Constantin Ier Césars
Usurpateurs : Maxence et Maximien Herculius

307

Sévère cherche à contrer Maxence, mais ses troupes l'abandonnent. Maxence, malgré l'avis de son père, se proclame Auguste. Galère marche contre Maxence et Maximien. Il veut gagner le soutien de Constantin, auquel il donne pour épouse Fausta. Maximien et Constantin se proclament Augustes. Le système collégial compte alors quatre Augustes et un César.

308

Maximien se réfugie en Gaule aux côtés de Constantin. Maxence reste seul à la tête de l'Italie et momentanément de l'Espagne. La Rhétie est entre les mains de Galère.

308 ou 309-311

En Afrique, usurpation de Lucius Domitius Alexander.

11 novembre 308

Rencontre de Carnuntum entre Galère, Licinius et les deux anciens Augustes retirés, Dioclétien et Maximien. Ils décident de reconstruire la tétrarchie. La place de Sévère comme Auguste d'Occident, tué entre temps, est donnée à un ami de Galère, Licinius, et Maxence est déclaré ennemi public. Maximin Daïa est reconnu César pour l'Orient, Constantin est rétrocédé au rang de César d'Occident.

308-311

GALÈRE et LICINIUS Augustes

MAXIMIN DAÏA et CONSTANTIN Ier Césars et fils des Augustes

Usurpateurs : MAXENCE, LUCIUS DOMITIUS ALEXANDER et MAXIMIEN

310

Mort de Maximien. Maxence se proclame Auguste.

5 mai 311

Mort de Galère. Il venait de révoquer la persécution contre les chrétiens dans un édit.

311

Élection de Cécilien à l'évêché de Carthage, contestée par des rigoristes, exaltant le martyre. Ces derniers accusent l'un des consécrateurs de l'évêque, Félix d'Abthugni, d'être un traditeur, entendons d'avoir livré (*tradere*) aux autorités les textes sacrés durant la Grande Persécution. Ainsi démarre un schisme, le donatisme (du nom de l'un de ses partisans, Donat), qui va bouleverser l'Afrique durant toute l'Antiquité tardive, et jusque sous les Vandales et les Byzantins.

311
Maximin Daïa se considère comme le premier des quatre Augustes restants. Il occupe l'Asie Mineure qui relevait de Licinius.

311-313
Constantin Ier, Licinius et Maximin Daïa Augustes
Usurpateur : Maxence

312
Victoires de Constantin en Italie du Nord contre les troupes de Maxence.

28 octobre 312
Bataille du pont Milvius. Maxence est tué, Constantin prend Rome. La veille de la bataille, Constantin a vu, en songe ou dans les cieux, un signe qui devait lui assurer la victoire. Le lendemain, il fit inscrire ce signe, identifié plus tard comme un chrisme, sur les boucliers de ses soldats. Le même signe, superposé à la croix, deviendra par la suite son étendard (le *labarum*).

313
Rencontre à Milan de Constantin et Licinius. Proclamation conjointe de l'égalité des droits pour toutes les religions, restitution des églises et de leurs biens. Constantin retourne en Gaule pour se battre contre les Francs, tandis que Licinius élimine Maximin Daïa en Orient (printemps).

313-317
Constantin et Licinius Augustes

313-314

Deux conciles, Rome (octobre 313) et Arles (août 314) condamnent le schisme africain, désormais connu sous le nom de donatisme et apparu en 311.

Octobre 314

Guerre entre Constantin et Licinius. Celui-ci est battu à Cibalae (Vinkovci) en Illyrie. Licinius perd tous les territoires européens, à l'exception du diocèse de Thrace.

25 juillet 315

Inauguration de l'arc de Constantin. Constitué de matériaux d'emprunts, ce monument qui s'élève encore aujourd'hui près du Colisée comporte également une frise retraçant la campagne d'Italie et l'arrivée à Rome en 312. Il place la geste de Constantin « sous l'inspiration de la divinité » (*instinctu diuinitatis*), sans mention encore explicite du Dieu des chrétiens.

317-324

CONSTANTIN Ier et LICINIUS Augustes

CRISPUS, CONSTANTIN II et LICINIUS II Césars

317

Lactance (250-325) est nommé précepteur du fils de Constantin, le César Crispus (Trèves). Il se situe dans la lignée des apologétistes de langue latine, tels Tertullien ou Cyprien, mais ses *Institutions divines* (rédigées entre 304 et 311) constituent le premier effort de synthèse entre la foi chrétienne et la culture classique. Cette entreprise lui valut le surnom de « Cicéron chrétien ».

318
L'évêque d'Alexandrie, Alexandre, excommunie Arius dont les thèses subordinatiannistes (selon lesquelles le Fils est subordonné au Père et a été « créé » par lui) vont recevoir un très large écho jusqu'à l'époque des premiers royaumes barbares, et à la cour impériale elle-même jusqu'en 378.

320
Regain de la rivalité ouverte entre Constantin et Licinius. Ce dernier relance des poursuites contre les chrétiens en Orient.

321
Pachôme organise pour la première fois la vie monastique en communauté, à Tabennêse, sur le Haut Nil. Le monastère, le *cenobium*, compte plusieurs centaines de moines qui suivent la Règle de Pachôme, inspirée du mode de vie militaire.

322-323
Constantin repousse les Sarmates puis les Goths.

3 juillet 324
Victoire décisive de Constantin contre Licinius près d'Andrinople. La victoire définitive intervient à Chrysopolis, le 18 septembre.

324-337
CONSTANTIN Ier Auguste

324-337
Les Césars se succèdent : Crispus en 326, Constantin II, Constance II et Constant jusqu'en 333, puis Dalmatius à partir de 335.

8 novembre 324
Constantin consacre le périmètre de la Nouvelle Rome, Constantinople.

Mai-juin 325
Concile œcuménique de Nicée. Condamnation d'Arius (excommunié depuis 318) et proclamation de la profession de foi, le Symbole de Nicée, qui définit le Fils comme étant « de la même substance que le Père [...], engendré, non pas créé, consubstantiel [*homoousios*] au Père ».

326
Constantin fait assassiner son fils Crispus et sa femme Fausta.

25 juillet 326
Célébration des vingt ans de règne (*vicennalia*) de Constantin à Rome. Fondation des basiliques du Vatican et du Latran.

327-328
Début du pèlerinage de la mère de Constantin, Hélène Auguste, en Palestine.

328
Victoire de Constantin contre les Alamans sur le Rhin.

8 juin 328
Athanase élu évêque d'Alexandrie. Il s'oppose aux tendances ariennes de la cour de Constantin.

11 mai 330
Dédicace de Constantinople (Byzantium), la nouvelle capitale consacrée en 324.

Vers 331
Parvenu à l'âge adulte, Sapor II (310-379) occupe l'Arménie chrétienne. Début des tensions avec l'Empire romain.

332
Après avoir été battus par Constantin II le Jeune, des Sarmates et des Goths sont installés sur le territoire romain pour alléger la pression aux frontières et peupler les provinces balkaniques.

334
Nouvelle victoire sur les Sarmates.

334-336
Les Perses occupent l'Arménie pendant deux ans, avant d'en être chassés par Hannibalien.

335
Chaque César reçoit une préfecture : Constantin II les Gaules, Constant l'Italie et l'Afrique, Dalmatius l'Illyrie, Constance l'Orient.

7 novembre 335
À l'instigation des partisans d'Eusèbe de Nicomédie (sympathisants modérés d'Arius), Constantin envoie en exil, à Trèves, l'évêque d'Alexandrie Athanase, grand défenseur de la profession de foi nicéenne.

25 juillet 336

Constantin célèbre ses trente ans de règne. Eusèbe de Césarée (vers 265-340) prononce l'éloge du prince (*Triakontaétérikos*). Auteur de l'*Histoire ecclésiastique* (rédigée entre 300 et 325) et d'une *Chronique*, Eusèbe peut être considéré comme le principal historien chrétien antique dont l'influence se prolongea durant le Moyen Âge. Dans le domaine politique, sa glorification du rôle religieux de l'empereur est demeurée un pilier de la théorie du pouvoir à Byzance.

3 avril 337

Constantin célèbre Pâques à Constantinople.

Mai 337

Constantin se fait baptiser par Eusèbe de Nicomédie.

22 mai 337

Mort de Constantin à Ankyrion, près de Nicomédie. Selon son vœu, l'Empire est partagé entre ses trois fils, Constantin II reçoit la Gaule, l'Espagne et la Bretagne, Constance II l'Asie et l'Égypte, Constant l'Afrique, l'Italie et les diocèses de Pannonie et de Dacie et son neveu, Flavius Dalmatius la plus grande partie de la péninsule balkanique. Tous quatre gardent le titre de César.

337-487

CHRONOLOGIE DE la Rome antique

La « révolution du vêtement », qui fut autrefois considérée comme le trait exemplaire du passage au monde de l'Antiquité tardive (H.-I. Marrou), est aujourd'hui relativisée par les historiens. En effet, bien des évolutions étaient en germe dès le Haut-Empire – le vêtement cousu, par exemple, n'était pas ignoré –, tandis que les progrès techniques décisifs de la fabrication n'adviendront pas avant la période médiévale. Et pourtant, l'œil le moins expert s'habituera rapidement à distinguer sur les mosaïques, les peintures ou les drapés ciselés en ronde-bosse et en bas-relief, le Romain, civil ou militaire, ou la Romaine de l'âge classique et ceux de l'Empire tardif. Ces différences ne tiennent pas seulement à l'évolution des formes artistiques, quoique celles-ci portent également la marque d'une époque nouvelle, où l'art gréco-romain « s'est effacé morceau par morceau » (Paul Veyne).

En outre, ces représentations ne sont pas toujours réalistes. Et pourtant, on ne s'habille plus aux IVe et Ve siècles apr. J.-C., comme on le faisait au début de l'Empire. Au milieu du IVe siècle, dans un tableau moralisateur, l'historien Ammien Marcellin pouvait ainsi brocarder les membres du sénat romain qui « déploient leurs manteaux [*lacernae*] par des mouvements rapides, surtout de la main gauche, afin d'en faire chatoyer en transparence les franges plus longues ainsi que leurs tuniques [*tunicae*], où des broderies multicolores représentent des figures d'animaux de toute sorte ». L'austère sévérité du sénateur classique, drapé dans sa toge blanche à large bande de pourpre (*latus clavus*), paraissait révolue, alors que le goût pour une ornementation envahissante gagne également toutes les couches sociales.

Nouvelle mode, nouveau monde ? Dans tous les domaines en effet, en dépit des traits de continuité qui rattachent aux siècles antérieurs la civilisation tardive – sous certains aspects celle-ci débute dès la fin de l'époque antonine –, malgré la permanence de la culture classique qui nourrit toujours les lettrés de Gaule, d'Afrique ou d'ailleurs, malgré l'immutabilité des fondements du droit, bientôt transmis aux royaumes barbares en Occident et codifié à Byzance, le monde romain sort transformé en profondeur de la crise du IIIe siècle et des réformes qui ont suivi.

L'intervention de l'État s'est accrue dans bien des secteurs de l'économie, à commencer par le système monétaire qui est entièrement refondu. Son contrôle s'exerçait également dans divers domaines de la production, que l'on pense au transport des denrées ou à la fabrication d'armement, devenus vitaux à une époque où l'intégrité du territoire impérial était en jeu. Les difficultés rencontrées étaient nombreuses, à la mesure des moyens coercitifs employés, dans le domaine fiscal, par exemple. Ainsi, la perception d'un État aux abois imposa-t-elle longtemps l'image obsolète d'une « décadence » de l'Empire romain. Celle-ci n'a plus cours aujourd'hui et l'idéologie qui la sous-tendait a été suffisamment critiquée. Mais comment ne pas admettre, comme nous invite à le penser Andrea Giardina, que le pas franchi récemment par un grand nombre d'historiens qui décrivent le « dynamisme » et la « prospérité » de l'Empire tardif constitue lui aussi une prise de position idéologique ?

Si, comme le souligne le même historien, des régions entières de prospérité ont continué d'exister (l'archéologie en témoigne), si l'enrichissement des couches supérieures de la société est également incontestable, cela n'empêche nullement, on le sait, qu'une telle accumulation de richesses ne se soit accompagnée d'une aggravation des disparités sociales ou d'une dégradation des rapports de travail. L'institution du colonat, mal documentée et sujette à des débats sans cesse renouvelés, en témoigne : aux côtés des paysans libres qui n'avaient pas disparu, au côté de l'esclavage toujours répandu, était né le *ius colonatus*, le « droit du colonat », par lequel des paysans (*coloni*) étaient attachés au sol dont les propriétaires étaient aussi leurs maîtres (*domini*).

Un tel système constituait-il une étape vers le servage médiéval ? Une telle affirmation est d'autant plus difficile à démontrer que les structures économiques et sociales de l'Antiquité tardive demeurent mal connues. Sans doute est-il plus aisé d'identifier et de suivre chronologiquement deux faits majeurs de la période considérée : la christianisation du monde romain ; l'effondrement progressif de ses frontières en Occident. On lira dans le déroulé des événements l'affirmation progressive du christianisme auquel la conversion de Constantin avait donné une impulsion décisive dès 312, la tentative d'un retour autoritaire au paganisme sous le règne

de Julien l'Apostat (d'aucuns affirment que s'il eut été plus long, toute la face de la terre aurait été changée pour les siècles à venir), puis la victoire symbolique remportée contre les dieux païens au lendemain de la bataille de la rivière froide en 394. Au même moment, le catholicisme, aux prises avec des courants schismatiques, rivalisa longtemps avec l'arianisme, à la cour impériale elle-même. Surtout, dans la mesure où les peuples barbares, en particulier les Goths, avaient été convertis au christianisme au travers de cette interprétation subordinatianiste, leurs migrations vers les provinces occidentales, depuis les Balkans, assura le succès de cette théologie réfractaire au *Credo* de Nicée (325).
En 378, l'empereur Valens, lui-même arien, tombait sur le champ de bataille d'Andrinople en tentant de refouler les Goths. En 382, pour la première fois, un traité concédait à un peuple allogène une portion de territoire de l'Empire. En 406, les Alains, les Suèves et les Vandales franchissaient le Rhin. En moins d'un quart de siècle, ces derniers parvenaient en Afrique, devant les murs d'Hippone où mourrait saint Augustin (429). L'armée impériale était au même moment essentiellement pourvue de contingents barbares entrés au service de Rome. Parmi eux, les officiers supérieurs s'arrogèrent progressivement la réalité du pouvoir, faisant et défaisant les empereurs, jusqu'à la déposition du dernier d'entre eux exilé en Campanie et jusqu'à l'assassinat de son prédécesseur, réfugié en Dalmatie.

Septembre 337

À Constantinople sont assassinés tous les hommes de la descendance indirecte de Constantin, à l'exception de Gallus (le futur César) et de Julien (le futur Auguste). L'Empire est désormais partagé entre les trois fils de Constantin : Constantin II (Occident), Constance II (Orient) et Constant (Illyrie) deviennent Augustes. Jusqu'en 396, l'Empire sera divisé en trois préfectures.

337-340

Constantin II

337-350

Constant Ier

337-361

Constance II

338-350

Guerres de Constance II contre le roi des Perses, Sapor. La question arménienne, récurrente depuis la fin de l'époque républicaine, et le contrôle de la Mésopotamie, partiellement et très provisoirement annexée par Trajan puis Septime Sévère, en constituent le principal enjeu. En 350, un troisième échec de l'armée perse devant Nisibe convainc Sapor de se retirer, tandis que Constance est bientôt appelé en Occident pour réprimer l'usurpation de Magnence.

339
L'évêque d'Alexandrie Athanase est chassé de la ville et remplacé par l'arien Grégoire de Cappadoce.

340
Constantin II lance une expédition contre Constant, mais il est battu et tué à la bataille d'Aquilée. L'Empire est désormais gouverné par deux Augustes, Constant en Occident, Constance II en Orient. Un tel dispositif de partage dominera toute la période suivante à l'exception des années de règne unique de Théodose.

341 (ou dès 336 ?)
Ulfila est consacré évêque par l'arien Eusèbe de Nicomédie. Ce descendant de prisonniers cappadociens répand alors l'arianisme parmi les Goths et entreprend, peut-être dès cette époque, la rédaction de la Bible en gothique, en créant un alphabet à partir du grec.

342
Constant poursuit en Occident l'effort de redressement militaire, tangible depuis l'époque tétrarchique. Il réorganise le mur d'Hadrien en Bretagne et bat les Francs et les Alamans sur le front rhénan.

343
Synode de Sardique, réuni à l'initiative de l'empereur Constant, hostile à l'arianisme. À cette occasion, l'évêque d'Alexandrie, Athanase, défenseur du *Credo* nicéen, est rétabli dans sa chaire. Ce conflit ouvre une rupture religieuse d'une décennie entre l'Orient, demeuré fidèle à l'arianisme, et l'Occident.

348
Persécution parmi les Goths. L'évêque Ulfila et ses fidèles sont contraints de trouver refuge dans l'Empire romain où Constance II les installe en Mésie.

348
En Afrique, première répression des circomcellions (bandes armées auxquelles les donatistes ont fait appel depuis un an pour lutter contre l'autorité impériale). Devenus incontrôlables, ils séviront jusqu'à la fin du IVe siècle en s'attaquant aux réserves des propriétés rurales (*circum cellas*, « autour des celliers »).

Vers 350
Eusèbe introduit la vie monastique à Verceil (Italie), « le premier en Occident ». Dans les décennies suivantes, d'autres monastères sont attestés dans le Nord de l'Italie, à Milan, à Bologne, à Vérone et à Aquilée.

350-353
Usurpation de Magnence en Gaule. Après sa proclamation à Autun le 18 janvier, il fait assassiner Constant. La Gaule, l'Espagne, l'Afrique et l'Italie le reconnaissent. Adepte du paganisme, il restaure les temples et autorise le retour aux sacrifices nocturnes ou au culte de Cybèle à Rome. Il s'abstient néanmoins de persécuter les chrétiens.

15 mars 351
Ayant quitté l'Orient pour mettre fin à l'usurpation de Magnence, Constance II élève son cousin Gallus au rang de César.

351-354
Gallus César

28 septembre 352
Victoire de Constance sur Magnence à la bataille de Mursa (Osijek) sur la Drave, sans doute la plus sanglante du siècle, qui causa de graves pertes à l'armée romaine. Le coût en hommes des guerres civiles affaiblit d'autant l'armée romaine mobilisée face aux barbares.

10 août 353
Après de multiples défaites, Magnence se suicide à Lyon, tandis que son frère, le César Decentius, fait de même à Sens, après une grave défaite face aux Alamans. L'Empire est de nouveau unifié. Terreur judiciaire dans le but de prévenir d'autres usurpations.

353
Campagnes victorieuses contre les Alamans de Constance et du maître de l'infanterie Silvanus, d'origine franque. La carrière de ce dernier témoigne de la « barbarisation » accélérée des officiers supérieurs de l'armée romaine.

353
Un concile réuni à Arles, où séjourne l'empereur, condamne Athanase d'Alexandrie, défenseur du

Credo de Nicée. La mort du catholique Constant, trois ans auparavant, et la fin de l'usurpation du païen Magnence permettent donc à Constance II d'imposer les thèses ariennes dans l'ensemble de l'Empire, y compris dans les provinces occidentales.

354

Le César Gallus qui avait multiplié les actes de violence dans son gouvernement de l'Orient, sans parvenir à repousser les attaques des Isauriens qui troublaient l'Asie Mineure, est destitué, jugé et exécuté.

11 août 355

Le général franc Silvanus se fait proclamer empereur par l'armée romaine en Gaule. Sa chute, un mois plus tard, conduit les Francs et les Alamans à occuper d'importants territoires dans l'Est de la Gaule. Face à ce danger et pour parer à tout risque de nouvelle usurpation, Constance II se décide à faire nommer César pour les Gaules Julien, le frère de Gallus (6 novembre).

356-361

Tandis que Constance II se bat sur le front danubien, Julien rétablit la frontière rhénane, notamment en remportant la bataille de Strasbourg contre les Alamans.

356

Au lendemain de la mort d'Antoine, Athanase rédige la *Vie* du saint qu'il invoque dans son combat pour la défense du *Credo* de Nicée. Cette biographie, traduite deux fois en latin, connut un immense succès et contribua à répandre le modèle de la retraite dans le désert d'Égypte, à l'origine du monachisme.

359

Le roi des Perses Sapor attaque la Mésopotamie. Constance II demande à Julien de se défaire d'une partie de ses troupes pour lui donner des renforts.

Février 360

Les troupes de Julien refusent de quitter la Gaule et le proclament Auguste à Paris. La même année elles poursuivent leurs opérations victorieuses sur le front rhénan.

Vers 360

Après avoir vécu en ermite à Milan, Martin installe son ermitage à Ligugé, près de Poitiers. Il contribue ainsi à diffuser le monachisme dans les régions septentrionales de l'Empire.

360-363

JULIEN

361

Constance II marche d'abord contre les Perses, mais il doit faire demi-tour pour aller se battre contre Julien et avance son armée jusque dans les Balkans. L'affrontement militaire est évité par la mort opportune de Constance II dans la région de Tarse (Cilicie). Julien entre dans Constantinople où il proclame un premier édit de tolérance du paganisme.

362
Épris d'« hellénisme », c'est-à-dire de paganisme et de culture classique, Julien avait rejeté depuis longtemps l'éducation chrétienne (arienne) qu'il avait reçu à la cour dès son enfance. Dès son arrivée au pouvoir, il tente de rétablir, plutôt que les cultes traditionnels et anciens de la religion romaine, ceux d'Hélios roi, de Mithra ou de Cybèle, en nourrissant l'espoir d'éradiquer le christianisme. Il prend plusieurs mesures contre les chrétiens, en particulier l'interdiction d'enseigner. Il relève les temples, procède à des confiscations de biens des églises.

363
Julien meurt blessé au cours d'une grande expédition qu'il avait lancée contre les Perses. L'armée acclame empereur Jovien.

363-364
Jovien

364
Après avoir signé un traité de paix avec les Perses qui abandonne des positions romaines, Jovien quitte le front et meurt. L'armée acclame un pannonien chrétien, Valentinien Ier, qui associe aussitôt son frère Valens au trône. Le premier décide de gouverner l'Occident, le second reçoit l'Orient. Ainsi se précise une division de gouvernement et de commandement amorcée depuis la crise du IIIe siècle.

364-375
Valentinien Ier

364-378
Valens

28 septembre 365
Procope, le cousin de Julien, également païen, est salué empereur à Constantinople. Il étend son influence à la Thrace et une partie de l'Asie Mineure (Bithynie, Hellespont). Il est battu et mis à mort en mai 366.

367
Valens traverse le Danube et mène la guerre contre les Goths, tandis que Valentinien se bat sur le front rhénan face aux Francs et aux Saxons. Quoique la pression barbare reste forte, l'Empire paraît avoir consolidé ses frontières et repris l'initiative depuis plus d'un demi-siècle.

367
Le rhéteur et futur poète Ausone (290-395), originaire d'Aquitaine, devient précepteur du fils de Valentinien Ier, Gratien, à Trèves, assurant ainsi la promotion de toute sa famille. Gratien est proclamé Auguste le 24 août.

367-383
Gratien

368
Le comte Théodose l'Ancien (le père du futur empereur Théodose Ier) reprend le contrôle de la province de Bretagne jusqu'au mur d'Hadrien, tandis que les deux Augustes, Valentinien et Gratien, traversent le Rhin et battent les Alamans. La frontière rhénane est

renforcée par un système de fortifications depuis la Rhétie jusqu'à la mer du Nord.

369-370

Victoires de Valens contre les Goths d'Athanaric, décimés par la famine. Après la conclusion de la paix, l'empereur demeure en Dobrougia pour renforcer le système de défense du Bas-Danube.

370

Valens se déplace à Antioche pour répondre sur le plan diplomatique et militaire aux prétentions des Perses en Orient, visant notamment le contrôle de l'Arménie. Il y demeure jusqu'à la réapparition de la menace des Goths sur le Danube, en 378.

371

L'évêque de Tours, Martin, fonde le monastère de Marmoutier sur la rive nord de la Loire, où les moines mènent une vie semi-anachorétique (depuis le modèle égyptien, l'anachorèse désigne le retrait des moines dans la solitude de lieux déserts).

372

Firmus, un prince maure fédéré, prend la pourpre en Maurétanie. Les donatistes soutiennent ce mouvement, la plus importante révolte berbère du IVe siècle et le premier d'une série de soulèvements qui se succéderont en Afrique du Nord, à l'époque vandale et byzantine.

373

Le maître de cavalerie Théodose l'Ancien, qui s'est déjà distingué en Bretagne en 368, et contre les

Alamans, se rend en Afrique pour réprimer la révolte de Firmus. Ce dernier se suicide bientôt, en 374 ou 375.

374
Valentinien Ier poursuit son effort de lutte contre les Alamans. Sur le Danube, Théodose le Jeune (le futur empereur Théodose Ier) repousse les incursions des Quades et des Sarmates. Il est rejoint l'année suivante par l'empereur Valentinien qui, laissant Gratien à Trèves, installe sa cour à Sirmium (l'actuelle Sremska Mitrovica, en Serbie) pour mener lui-même la lutte contre les Quades.

375
Entrées massives de Goths dans l'Empire, poussés par l'hégémonie des Huns.

17 novembre 375
Valentinien Ier meurt au cours de ses efforts pour conclure la paix avec les Quades. Son fils homonyme est proclamé empereur, sous la régence de son demi-frère Gratien (22 novembre). Il reçoit une compétence sur l'Italie, l'Illyrie et probablement l'Afrique.

375-392
VALENTINIEN II

376
Un procès est intenté contre Théodose pour un motif inconnu. Le grand général, qui s'était illustré en 368 et 373, est décapité à Carthage.

376-377

Les Goths dévastent la Thrace et sont une première fois refoulés par l'armée impériale.

9 août 378

Sans attendre les renforts que lui fait parvenir Gratien, Valens engage le combat contre les Goths commandés par Fritigern à Andrinople (l'actuelle Édirne, en Turquie). L'armée romaine est battue, l'empereur est tué. Les contemporains rapprochent cet épisode militaire de la bataille de Cannes (216 av. J.-C.), en raison de sa gravité, mais aussi dans l'espoir, sans doute, d'un sursaut consécutif au désastre pour assurer la sauvegarde du monde romain.

19 janvier 379

Pour succéder à Valens, Gratien nomme Auguste Théodose le Jeune et lui confie l'Orient, la Thrace et la Mésie, ainsi que les diocèses illyriens (Macédoine et Dacie).

379-395

Théodose Ier

379

Théodose reconstitue une armée à Thessalonique en y incorporant des contingents barbares. De son côté, Gratien, qui lutte d'abord avec lui contre les Goths, doit gagner la Gaule attaquée par les Alamans et les Francs.

3 août 379
À l'instigation de l'évêque de Milan Ambroise, Gratien enlève la liberté de culte à toute confession autre que celle de Nicée.

380-395
L'historien païen Ammien Marcellin (ami de l'empereur Julien) rédige ses *Res Gestae* qui prennent la suite du récit de Tacite, à partir de l'acclamation de Nerva en 96. Les treize premiers livres (96-353) sont perdus. Ceux qui subsistent offrent un récit très précis de la période 353-378.

27 février 380
Par un édit, Théodose ordonne à tous les sujets de professer la doctrine nicéenne. Ne peuvent se dire chrétiens catholiques que ceux qui sont en communion avec les deux premiers évêques de la chrétienté, celui de Rome, Damase, et celui d'Alexandrie, Pierre (successeur d'Athanase). La même année, l'empereur reçoit le baptême et s'installe à Constantinople qui devient sa capitale.

380
Les Wisigoths de Fritigern ravagent la Macédoine, les Ostrogoths d'Alatheus et Saphrax la Pannonie. Gratien fait parvenir des renforts commandés par les généraux francs Bauton et Arbogast. Il se rend en Pannonie où il passe des traités avec les Ostrogoths, leur permettant de s'installer dans l'Empire. Les provinces illyriennes sont de nouveau placées sous l'autorité de l'Occident.

381
Concile de Constantinople, deuxième concile œcuménique après Nicée (325). Il confirme le *Credo* en affirmant l'unité consubstantielle des trois personnes de la Trinité et leur individualité. Peu après, le concile d'Aquilée dépose les évêques ariens d'Occident.

382
Théodose met fin aux combats contre les Wisigoths en passant avec eux un traité (*foedus*) qui leur permet de s'installer dans l'Empire à titre de « fédérés ». Ils reçoivent également des exemptions d'impôts et le paiement de soldes élevées en échange d'un service dans l'armée romaine sous l'autorité de leurs propres chefs.

382
Le pape Damase, à la fin de son pontificat (361-384), confie à Jérôme le soin de traduire la Bible en latin.

382
En faisant enlever de la Curie à Rome l'autel de la victoire, symbole du paganisme du sénat romain, Gratien donne le départ d'une controverse qui dure plus de dix ans. L'autel sera replacé une dernière fois par l'usurpateur Eugène (393).

383
Théodose proclame Auguste son fils Arcadius.

383-395
ARCADIUS

383-388
Usurpation de Magnus Maximus dont le domaine s'étend aux Gaules, à l'Espagne et à la Bretagne.

384
Le préfet de la Ville, Symmaque, plaide dans une lettre adressée à Valentinien II, la plus célèbre de sa *Correspondance*, pour le rétablissement de l'autel de la Victoire dans la Curie à Rome. Répliques d'Ambroise de Milan et du poète Prudence.

386
Édit de Valentinien II en faveur des ariens qui suscite l'opposition d'Ambroise de Milan, infatigable défenseur de la foi de Nicée.

387
Émeute fiscale à Antioche. Les statues de l'empereur sont renversées. La répression, très violente, témoigne de la dureté du gouvernement, à l'instar du massacre de Thessalonique trois ans plus tard.

388
Ambroise de Milan prend la défense d'un évêque de Mésopotamie, condamné par Théodose à rebâtir une synagogue détruite par des moines. L'empereur se soumet. La prédication d'Ambroise insiste sur la faute d'Israël qui n'a pas voulu accueillir le Christ. L'épisode est significatif des tensions accrues entre chrétiens et juifs, alors que l'Église accroît son influence et oriente la législation impériale.

388
Le jeune Valentinien, envoyé à Trèves, est confié au général d'origine franque, Arbogast. Ce dernier

assure la défense de la Gaule face aux Francs et aux Saxons. Il contraint les premiers à conclure un traité l'année suivante (389). Il est le premier Germain à avoir, dans les faits, gouverné l'Empire romain, sans même que son nom n'ait été romanisé.

390

Massacre de Thessalonique. Théodose ordonne une sanglante répression contre la population de cette ville qui avait lynché un officier, goth d'origine, Botheric. En raison de cette brutalité, Ambroise de Milan excommunie l'empereur qui n'obtient sa réintégration dans l'Église qu'après avoir publiquement fait pénitence. L'épisode est emblématique des nouveaux rapports entre l'Église et l'État.

391

Théodose réitère des mesures antipaïennes et ordonne de façon très symbolique la destruction des sanctuaires de Sérapis à Alexandrie et Canope. Ce dieu avait été lié au culte impérial sous Hadrien, Septime Sévère et Caracalla, auxquels il apparaissait comme le protecteur de la prospérité de l'Empire.

392

Poursuite de la guerre contre les Goths. L'action du général Stilicon est décisive. Ce dernier, d'origine vandale par son père et de confession arienne, avait épousé en 384 Séréna, la fille d'Honorius et la nièce de Théodose Ier. À la mort de ce dernier, en 395, il jouera un rôle essentiel dans les affaires intérieures et la défense de l'Empire.

392
À la suite d'un différend avec son mentor Arbogast, Valentinien II est retrouvé pendu. Arbogast se sent alors d'autant plus menacé qu'il représente en Occident le paganisme que combat Théodose. Il suscite l'usurpation d'Eugène, un ancien rhéteur.

392-394
Usurpation d'Eugène. Ayant tenté en vain d'être reconnu par Théodose, il cherche l'appui des Francs et des Alamans après avoir mené la guerre contre eux. Théodose, de son côté, élève son fils cadet Honorius au rang d'Auguste, le destinant à régner plus tard sur l'Occident. Puis l'empereur marche contre Eugène à la tête d'une armée essentiellement composée de barbares et commandée par des chefs tels qu'Alaric et Stilicon.

Septembre 394
Bataille de la rivière froide. La rencontre entre les deux armées se produit dans la vallée du Frigidus (l'actuel Vippacco), affluent de l'Isonzo, dans les Alpes juliennes. Eugène tombe sur le champ de bataille, Arbogast et Nicomaque Flavien (l'un des consuls de l'année) se suicident. Cette victoire constitue un tournant important vers la christianisation de l'Empire tardif, dans la mesure où le parti de l'usurpateur avait ostensiblement manifesté sa dévotion aux dieux païens face au vainqueur, défenseur constant du catholicisme.

394

Le riche sénateur d'origine aquitaine Paulin (353-431), qui avait eu pour maître Ausone, après avoir été baptisé et avoir renoncé à la vie mondaine, se retire à Nole, dans la province de Campanie qu'il avait administrée quinze ans auparavant. Depuis sa retraite, l'ascète entretient une correspondance avec Jérôme, Rufin d'Aquilée et Augustin, et multiplie les actes d'évergétisme.

395-408
ARCADIUS
Empereur d'Orient

395-423
HONORIUS Ier
Empereur d'Occident

395

Augustin (354-430) est ordonné évêque d'Hippone.

395

Honorius, âgé de 11 ans, est placé sous la tutelle du général vandale Stilicon qui commande les troupes d'Occident (*magister utriusque militiae*). Il entre en conflit avec Rufin, le préfet du prétoire d'Arcadius au sujet de l'assignation au domaine oriental des deux diocèses de Macédoine et de Dacie.

395

Tandis que les Huns envahissent la Thrace et l'Asie Mineure, les Marcomans dévastent la Pannonie, et les Goths d'Alaric, alliés de Théodose au cours de la bataille de la rivière froide (394), mettent le siège devant Constantinople.

395
Sur l'ordre d'Arcadius, inquiet de la progression des troupes occidentales sur son domaine, Stilicon doit renoncer à marcher contre Alaric.

396
Honorius renonce aux deux diocèses illyriens de Dacie et de Macédoine. Stilicon pénètre dans le domaine oriental relevant de la compétence d'Arcadius pour se battre contre Alaric. Le premier est alors déclaré ennemi public par la cour de Constantinople qui nomme le second chef de l'armée d'Illyrie *magister militum*.

397
Le *magister militum* d'Afrique, Gildon, à l'instigation de la cour de Constantinople, coupe le ravitaillement de Rome et de l'Italie. Le diocèse d'Afrique passe de fait sous le pouvoir d'Arcadius.

397
Jean Chrysostome (né vers 344), une des figures majeures du christianisme antique (son œuvre est immense), est désigné patriarche de Constantinople. Il se heurte bientôt à l'impératrice Eudoxie et meurt en exil dix ans plus tard, en 407.

397-400
Augustin rédige *Les Confessions*.

398
Stilicon envoie une expédition contre Gildon.

L'Afrique passe de nouveau sous le contrôle d'Honorius.

398
Honorius épouse Maria, la fille de Séréna (nièce de Théodose Ier) et de Stilicon. Ce dernier renforce ses liens avec la famille impériale où se mêlent origines romaine et barbare.

398
En Orient, Eutrope remporte plusieurs victoires contre les Huns. Il est élevé au rang de patrice (titre honorifique destiné aux plus hauts représentants de la hiérarchie administrative et militaire de l'Empire).

399
Le Goth Gainas occupe Constantinople où il se fait nommer général en chef (*magister utriusque militiae*) par Arcadius. Eutrope est destitué.

Hiver 400-401
Chassé de Constantinople par un parti antibarbare, Gainas est tué au cours d'un affrontement contre les Huns.

401
Le fils d'Arcadius et d'Eudoxie, Théodose II, né quelques mois auparavant, est élevé au rang d'Auguste.

401
Alaric pénètre en Italie et prend Aquilée. Stilicon, qui vient d'intégrer à son armée des Vandales et des Alains qu'il avait soumis, organise la résistance.

402
Stilicon libère Milan assiégée par les Goths d'Alaric. Ces derniers sont battus à Pollentia, puis à Vérone, avant d'être refoulés en Illyrie. La cour impériale quitte Milan pour Ravenne. Cette ville devient la nouvelle capitale de la partie occidentale de l'Empire.

404
Après avoir été déposé l'année précédente, Jean Chrysostome est chassé de Constantinople. La basilique Sainte-Sophie, élevée en 325, est incendiée au cours des affrontements provoqués par le peuple qui le soutenait. L'impératrice Eudoxie meurt peu après.

404
Tandis que Stilicon cherche à obtenir les diocèses d'Illyricum (Dacie et Macédoine), le pape de Rome vise à affirmer son primat apostolique sur l'ensemble de cette région balkanique au contact des domaines oriental et occidental, dans la mesure où l'évêque de Thessalonique dépendait de Rome.

Vers 404
Mort du poète païen Claudien, auteur de l'*Éloge de Stilicon*. Avec Prudence, il est l'un des derniers représentants de la poésie latine antique.

404
Jérôme (vers 347-419) traduit en latin la Règle de Pachôme, initiateur de la première communauté monastique en 321.

404
Prudence (348-vers 410) engage la rédaction de son œuvre par laquelle il entend substituer une poésie chrétienne à la poésie antique.

404-405
Le moine Pélage réagit à la lecture des *Confessions* d'Augustin en contestant la croyance en une faiblesse congénitale transmise au genre humain par Adam, et la nécessité du baptême. Il commence son enseignement (qui durera jusqu'au VIe siècle), contre lequel réagissent en particulier Augustin et Jérôme.

Hiver 405-406
Les Ostrogoths, alliés à des Alains, des Vandales, et des Alamans et conduits par Radagaise, pénètrent en Italie.

406
Trois usurpateurs se succèdent dans l'île de Bretagne en proie aux troubles, Marcus, Gratien et Constantin (406-411).

406
Stilicon anéantit les troupes de Radagaise à la bataille de Fiesole, près de Florence. Il se prépare à porter la guerre en Orient pour l'obtention des diocèses illyriens.

31 décembre 406
Des troupes de Vandales, de Suèves et d'Alains franchissent le Rhin gelé et envahissent la Gaule.

Cette incursion constitue une étape majeure dans la migration des peuples qui conduisit à leur installation dans les provinces occidentales au cours des décennies suivantes et au recul progressif de l'autorité de Rome dans ces régions.

407

L'armée de Bretagne désigne empereur Constantin III. Ce dernier quitte la Bretagne pour défendre la Gaule face à l'incursion. Il parvient à refouler les barbares vers l'Aquitaine, puis installe sa capitale à Arles, où il nomme César son fils Constant.

408

Après la mort de sa première femme, Maria, resté sans descendance, Honorius épouse la deuxième fille de Stilicon et Séréna, Thermantia. Mort d'Arcadius le 1er mai. Honorius devient premier Auguste et tuteur du nouvel empereur d'Orient, Théodose II.

408-450
Théodose II
Empereur d'Orient

22 août 408

Assassinat de Stilicon. S'ensuit une réaction hostile aux barbares à la cour et dans l'armée. Alaric, n'ayant pas obtenu le renouvellement de l'alliance passée avec Stilicon, envahit l'Italie et assiège Rome.

409

Deuxième siège de Rome par Alaric, qui suscite l'usurpation du responsable du trésor impérial, Priscus Attale. En retour, Alaric se fait désigner chef des armées par ce dernier. Tous deux assiègent en vain Honorius dans Ravenne. Au même moment, le comte d'Afrique, Héraclianus, coupe Rome de son approvisionnement en blé pour le compte d'Honorius.

410

Des secours venus d'Orient lèvent le siège de Ravenne. Après avoir destitué Priscus Attale, Alaric fait une troisième fois le siège de Rome affamée. Profondément affaiblie par le blocus de l'année précédente, la ville capitule le 25 août, elle est mise à sac durant trois jours. Alaric se rend ensuite en Campanie où il meurt à Cosenza. Il est remplacé à la tête des Goths par Athaulf.

410 ou 412 ?

Naissance du grand philosophe néoplatonicien Proclus (mort en 485), auteur de longs commentaires des dialogues et de la *Théologie platonicienne*. Il gouverne l'école d'Athènes pendant près d'un demi-siècle.

411

Le général d'Honorius, Flavius Constance, met fin à l'usurpation de Constantin III, consécutive à l'entrée des barbares sur le sol gaulois quatre ans auparavant.

411

Concile de Carthage. Nouvelle condamnation des donatistes, visés par une loi impériale l'année suivante.

412

Les Goths, conduits par Athaulf, se rendent en Gaule

où ils soutiennent l'action de Flavius Constance contre deux autres usurpateurs bientôt éliminés, Sébastianus et Jovin. Ils reçoivent en échange des terres en Aquitaine et une part du blé africain.

412
Cyrille, docteur de l'Église, accède au siège d'Alexandrie d'où les juifs sont bientôt chassés.

413
Le comte d'Afrique Héraclianus profite du mécontentement des donatistes pour conduire une révolte de l'Afrique. À l'instar de Gildon en 397, il cesse d'abord les exportations de blé, puis il débarque en Italie et marche sur Ravenne avant d'être battu à Otricoli et décapité.

413
Augustin publie les trois premiers livres de *La Cité de dieu* (*De ciuitate Dei*). Il s'efforce de consoler les chrétiens au lendemain du sac de Rome de 410 et réfute les objections des païens qui prétendent que le Dieu des chrétiens n'est pas parvenu à sauver la Ville. Il critique cependant l'idée répandue chez les uns et les autres d'une Rome éternelle, les cités terrestres étant, selon lui, amenées à se consumer puisque seul le royaume de Dieu est éternel.

1er janvier 414
Athaulf épouse à Narbonne, selon le rite romain, Galla Placidia, la sœur d'Honorius, captive des Goths depuis le sac de Rome.

414
Flavius Constance contraint les Wisigoths à se replier en Espagne, où meurt Alaric.

416
Flavius Constance conclut un traité avec le nouveau roi des Wisigoths, Vallia, puis il épouse Galla Placidia (1er janvier 417) qui a rejoint la cour de Ravenne.

416-418
Vallia, puis son successeur, Théodoric Ier, remportent en Espagne d'importantes victoires contre les Alains et les Vandales Siling.

421
Flavius Constance III devient Auguste et corégent d'Honorius. Son épouse Galla Placidia est Augusta et leur fils Valentinien reçoit le titre de Nobilissimus.

8 février-2 septembre 421
Constance III
Co-empereur d'Occident

422
Les Vandales progressent vers le Sud de l'Espagne à la faveur des dissensions dans le commandement romain. Le comte d'Afrique Boniface ne soutenant pas le maître de la milice Castinus, la cour de Ravenne est déchirée entre les partisans d'Honorius et ceux de Galla Placidia.

423-425
Usurpation de Jean à Rome.

425
Valentinien III, le fils de 6 ans de Galla Placidia, est acclamé empereur. Cette dernière assure la régence.

425-455
VALENTINIEN III

426
Aetius, maître de la milice de la préfecture des Gaules, bat les Wisigoths qui tentaient de sortir des territoires qui leur avaient été octroyés.

427
Le comte Boniface s'octroie un pouvoir personnel sur l'Afrique, qu'il gouverne en s'appuyant sur les donatistes.

428
Boniface sollicite le soutien des Vandales pour affronter les troupes envoyées contre lui par Ravenne.

428
En Gaule, Aetius bat les Francs ripuaires.

429
Sous la conduite de leur roi Genséric, les Vandales passent le détroit de Gibraltar et débarquent en Afrique. Ils occupent la Maurétanie et la Numidie.

28 août 430
Mort d'Augustin dans Hippone, assiégée par les Vandales.

431
Une armée conduite par Aspar (maître de la milice en Orient) est envoyée pour lever le siège d'Hippone.

431
Concile d'Éphèse conduit par Cyrille d'Alexandrie. Déposition de Nestorius, l'archevêque de Constantinople, qui refusait que la vierge soit appelée « mère de Dieu » (*theotokos*) au lieu de « mère du Christ ». Dans les années suivantes, ses livres seront brûlés et ses partisans poursuivis comme hérétiques.

435
Traité avec Genséric à Hippone qui lui reconnaît, à titre de « fédéré », le contrôle d'un vaste territoire organisé autour de la Numidie.

435-437
Révolte des bagaudes en Gaule et en Espagne sous la direction du chef Tibatto. Apparu lors des troubles de la fin du IIIe siècle, ce terme celtique signifiant « vagabond » ou « combattant » désigne des soulèvements de paysans se livrant au pillage, en réaction sans doute aux excès de la fiscalité.

436
Les Burgondes sont anéantis par les Huns d'Attila. Le roi Gunther meurt dans la bataille. L'épisode constitue le noyau historique de la légende des Nibelungen.

438
Code théodosien où sont rassemblées, de manière fragmentaire, toutes les lois des empereurs depuis le règne de Constantin. Il s'agit de faire l'état du droit en vigueur à l'époque.

439
En dépit de l'accord passé quatre ans plus tôt, le Vandale Genséric occupe l'Afrique proconsulaire et prend Carthage.

439
Aetius reconnaît l'autonomie du royaume wisigothique en Aquitaine dans le cadre de l'Empire romain. Toulouse en est la capitale.

440-449
Depuis le vaste empire qu'il a créé, du Rhin jusqu'au Caucase, le roi des Huns, Attila, lance des expéditions contre l'Empire d'Orient. Il fournit en même temps des contingents au patrice d'Occident, Aetius.

442
Nouveau traité qui reconnaît la formation d'un royaume vandale sur les territoires les plus riches d'Afrique (Est algérien et Tunisie actuels), officiellement vassal de Rome, mais en fait indépendant.

442
L'île de Bretagne est occupée par les Angles et les Saxons.

443
Aux Burgondes qui ont survécu au désastre de 436, Aetius assigne la Sabaudia (la Savoie actuelle).

445-448
Nouvelle révolte des bagaudes en Armorique, conduite par Eudoxe. Vaincu, ce dernier se réfugie chez les Huns.

Vers 446
Victoire d'Aetius sur les Francs.

449
Les Suèves dévastent la Tarraconnaise.

450
Mort de Théodose II auquel succède Marcien.

450-457
MARCIEN
Empereur d'Orient

451
Attila, le roi des Huns, envahit la Gaule et fait le siège d'Orléans où la défense est assurée par l'évêque Aigna. Aetius parvient à battre les troupes d'Attila à la bataille des champs Catalauniques, avec le soutien du roi des Wisigoths, Thédoric Ier, qui est tué.

451
Concile de Chalcédoine. Plusieurs questions christologiques sont réglées, notamment le monophysisme qui est condamné. Cette controverse, essentiellement orientale, se prolongea jusqu'à l'époque byzantine, soutenue par un grand nombre de sectes.

452
Attila passe en Italie. Il détruit Aquilée, Milan et

Pavie et dévaste la plaine du Pô. Une ambassade envoyée par le pape Léon Ier l'aurait convaincu de se retirer au-delà des Alpes, alors que son armée était décimée par une épidémie.

453
Mort d'Attila et dislocation de son empire.

Septembre 454
Assassinat d'Aetius, patrice d'Occident.

455
Valentinien III est assassiné. Le riche sénateur Pétronius Maximus est acclamé empereur. La fin de ce règne ouvre une période d'un quart de siècle de règnes brefs, déterminés par la volonté des officiers d'origine barbare « faiseurs d'empereurs », jusqu'à la disparition du titre impérial en Occident.

455
PÉTRONIUS MAXIMUS

455
Débarquement des Vandales à Ostie. Pétronius Maximus est lynché par la foule à Rome. Le 2 juin, les troupes de Genséric entrent dans la Ville qui est de nouveau, après l'épisode de 410, mise à sac durant deux semaines. À Arles, un noble Arverne est acclamé empereur, l'ancien préfet du prétoire Avitus. Il est aussitôt reconnu par le sénat.

455-456
AVITUS

455
Avitus gagne Rome, mais il n'obtient pas le soutien de l'empereur d'Orient Marcien pour mener une expédition contre les Vandales en Afrique.

456
Le patrice Ricimer (fils d'une Suève et descendant du roi des Wisigoths Walia) bat les Vandales en Sicile, puis au large de la Corse. Il bat à Plaisance l'empereur Avitus qui devient évêque de la ville. Jusqu'à sa mort, en 472, Ricimer tiendra les rênes du pouvoir.

457
Léon Ier succède à Marcien en Orient. Il reconnaît le titre de patrice à Ricimer et celui de maître des milices à Majorien. Ce dernier est proclamé empereur par l'armée d'Italie.

457-474
Léon Ier

457-461
Majorien

457
Majorien envoie le général Aegidius en Gaule où les barbares fédérés provoquent des troubles. Il reprend Lugdunum (Lyon) aux Burgondes, défait les Wisigoths près d'Arles, et obtient de leur roi Théodoric II le renouvellement du traité qui les lie à l'Empire.

458
Majorien s'installe à Arles et laisse l'Italie à Ricimer.

460
La flotte que préparait Majorien à Alicante pour attaquer le royaume vandale est détruite par celle de Genséric. La domination de ce dernier est reconnue sur un véritable « empire maritime » contrôlant l'Afrique, la Sicile, la Sardaigne, la Corse et les Baléares.

461
À son retour en Italie, Majorien est assassiné sur l'ordre de Ricimer qui donne le pouvoir impérial à Libius Sévérus.

461-465
LIBIUS SÉVÉRUS

461
Aegidius, qui refuse de reconnaître Libius Sévérus, gouverne de manière indépendante un territoire en Gaule du Nord, tandis que les Burgondes ont repris au sud le contrôle de Lugdunum et de la vallée de la Saône.

462-464
Les Vandales multiplient les razzias sur les côtes d'Italie. Les Alains sont battus par Ricimer dans le Nord de l'Italie et les Wisigoths par Aegidius à Orléans.

464 (ou 465 ?)
Aegidius meurt en laissant à son fils Syagrius l'enclave gallo-romaine qu'il avait constituée entre

la Somme et la Loire. Ce dernier la conserve jusqu'à sa défaite face à Clovis vers 486.

466-467
Le patrice Anthémius, gendre de l'empereur Marcien, se bat contre les Ostrogoths en Pannonie. L'empereur d'Orient Léon Ier lui donne alors le titre de César pour tenter de relayer l'autorité de Constantinople sur le sol italien.

467
Anthémius est acclamé empereur par ses troupes. Sa fille Alypia épouse Ricimer.

467-472
ANTHÉMIUS

468-469
Aidé du roi des Bretons Riothamus, le comte Paul, sur l'ordre de l'empereur, entreprend une guerre contre les Wisigoths d'Euric, afin de les contenir dans le royaume qui leur est reconnu. Ces derniers l'emportent.

468
Les troupes illyriennes, commandées par Marcellinus, se joignent à une flotte menée par Basiliscus et venue d'Orient pour attaquer le royaume vandale. Cette vaste opération se solde par un échec cuisant.

469
Guerre des Wisigoths conduits par Euric contre les Armoricains alliés des Romains. Euric est battu par les Francs, commandés par le comte Paul.

470
Le comte Paul est tué en défendant Angers contre les Saxons. Les Wisigoths progressent vers la Provence.

470
Claudien Mamert, dernier représentant de l'hellénisme chrétien en Gaule, défend la thèse de l'immatérialité de l'âme dans son traité *De statu animae*, inspiré de principes aristotéliciens.

471
Euric bat une armée romaine envoyée d'Italie dans la vallée du Rhône, mais il est arrêté par les Burgondes.

Fin 470-début 471
Sidoine Apollinaire (vers 431-vers 487), ancien préfet de Rome, poète et panégyriste, devient évêque des Arvernes. Ce défenseur de la romanité, persuadé de pouvoir utiliser les barbares pour sa cause, publie sa *Correspondance*.

Juin 472
Rome, défendue par Anthémius, est mise à sac par les forces de Ricimer et d'Olybrius. C'est le troisième sac de Rome, après ceux de 410 et 455. Olybrius, qui bénéficie à la fois du soutien de Léon Ier et du roi des Vandales Genséric, est acclamé empereur. Mort de Ricimer (19 août).

Avril-novembre 472
OLYBRIUS

472
Olybrius nomme Gondebaud patrice, en remplacement de Ricimer, puis meurt le 2 novembre. Le trône reste vacant.

Mars 473
À l'instigation de Gondebaud, les troupes acclament empereur à Ravenne le *comes domesticorum* Glycère. Il n'est pas reconnu par la cour d'Orient qui lui oppose le maître des milices de Dalmatie, Julius Nepos.

Mars 473-printemps 474
Glycère

Printemps 474
Julius Népos est revêtu de la pourpre à Ravenne par l'empereur d'Orient, Zénon. Gondebaud se rend en Gaule où il devient roi d'une partie des Burgondes.

474-475
Julius Népos
Empereur d'Occident

474-491
Zénon
Empereur d'Orient

474
Paix avec les Vandales. Népos abandonne un projet d'expédition contre les Wisigoths, laissant à leur sort les Arvernes conduits par Sidoine Apollinaire. L'évêque poète est emmené en captivité, avant de retrouver son siège épiscopal, dans une Auvergne désormais sous la domination wisigothique.

475

Paix avec les Wisigoths. Euric domine l'Espagne wisigothique et la Gaule, depuis les Pyrénées jusqu'à la Loire et le Rhône.

475

Le patrice Oreste se révolte contre Julius Népos. Ce dernier est déposé et se réfugie en Dalmatie. Oreste conserve le titre de patrice et fait nommer Auguste son fils Romulus, âgé de 13 ans et qui reçoit par la suite le titre de « petit Auguste » (Augustule). Il règne théoriquement sur des lambeaux de territoires, l'Italie péninsulaire, une partie de la Dalmatie, la Provence et la Rhétie.

475-476

Romulus Augustule

Empereur d'Occident

476

Révolte des troupes de mercenaires barbares sous la conduite du Skyre Odoacre. Oreste est tué à Plaisance. Romulus Augustule est assigné à résidence dans une villa de Campanie, à l'initiative d'Odoacre qui devient maître de l'Italie jusqu'en 493 (date de son assassinat par Théodoric, le roi des Ostrogoths).

480

Assassinat de Julius Népos, le dernier empereur d'Occident reconnu par la cour d'Orient. Il revendique ses droits jusqu'à sa mort, sans exercer le pouvoir.

486-487

La dernière parcelle de territoire romain en Occident tombe sous la domination du roi des Francs, Clovis (481-511), à l'issue de la victoire de Soissons contre Syagrius. Ce dernier contrôlait depuis 464 la dernière enclave romaine en Gaule, et portait le titre de roi des Romains.

La colonisation de Rome en Italie
(V^e-IIe siècle av J.-C.)

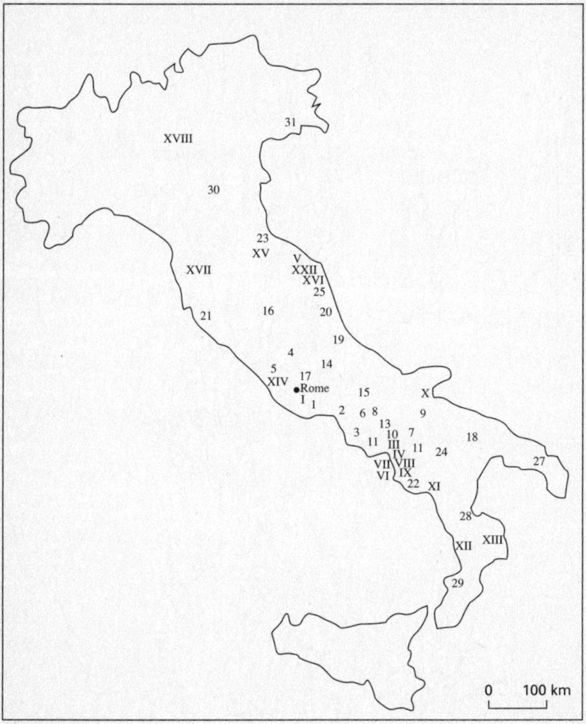

Colonies latines et de droit latin
1. Ardée, 442 av. J.-C.
2. Satricum, 385 av. J.-C.
3. Circei, 383 av. J.-C.
4. Nepet, 383 av. J.-C.
5. Sutrium, 383 av. J.-C.
6. Setia, 382 av. J.-C.
7. Cales, 334 av. J.-C.
8. Frégelles, 328 av. J.-C.
9. Luceria, 314 av. J.-C.
10. Suessa Aurunca, 313 av. J.-C.
11. Saticula, 313 av. J.-C.
12. Pontia, 313 av. J.-C.
13. Intermamna Liris, 312 av. J.-C.
14. Alba Fucens, 303 av. J.-C.
15. Sora, 303 av. J.-C.
16. Narnia, 299 av. J.-C.
17. Carsoli, 298 av. J.-C.
18. Vénusia, 291 av. J.-C.
19. Hadria, 289 av. J.-C.
20. Castrum Novum, 283 av. J.-C.
21. Cosa, 273 av. J.-C.
22. Paeste, 273 av. J.-C.
23. Ariminum, 268 av. J.-C.
24. Bénévent, 268 av. J.-C.
25. Firmum, 264 av. J.-C.
26. Aesernia, 263 av. J.-C.
27. Brindisi, 244 av. J.-C.
28. Copia, 193 av. J.-C.
29. Vibo, 192 av. J.-C.
30. Bononia, 189 av. J.-C.
31. Aquilée, 181 av. J.-C.

Colonies romaines
I. Antium, 338 av. J.-C.
II. Tarracina, 329 av. J.-C.
III. Minturnes, 296 av. J.-C.
IV. Sinuessa, 296 av. J.-C.
V. Sena Gallica, 283 av. J.-C.
VI. Liternum, 194 av. J.-C.
VII. Volturnum, 194 av. J.-C.
VIII. Puteoli, 194 av. J.-C.
IX. Salerne, 194 av. J.-C.
X. Sipontum, 194 av. J.-C.
XI. Buxentum, 194 av. J.-C.
XII. Tempsa, 194 av. J.-C.
XIII. Crotone, 194 av. J.-C.
XIV. Pyrgi, 191 av. J.-C.
XV. Pisaure, 184 av. J.-C.
XVI. Potentia, 184 av. J.-C.
XVII. Saturnia, 183 av. J.-C.
XVIII. Parme, 183 av. J.-C.
XIX. Mutina, 183 av. J.-C.
XX. Graviscae, 181 av. J.-C.
XXI. Luna, 177 av. J.-C.
XXII. Auximum, 157 av. J.-C.

La Méditerranée romaine (218-31 av. J-C.)

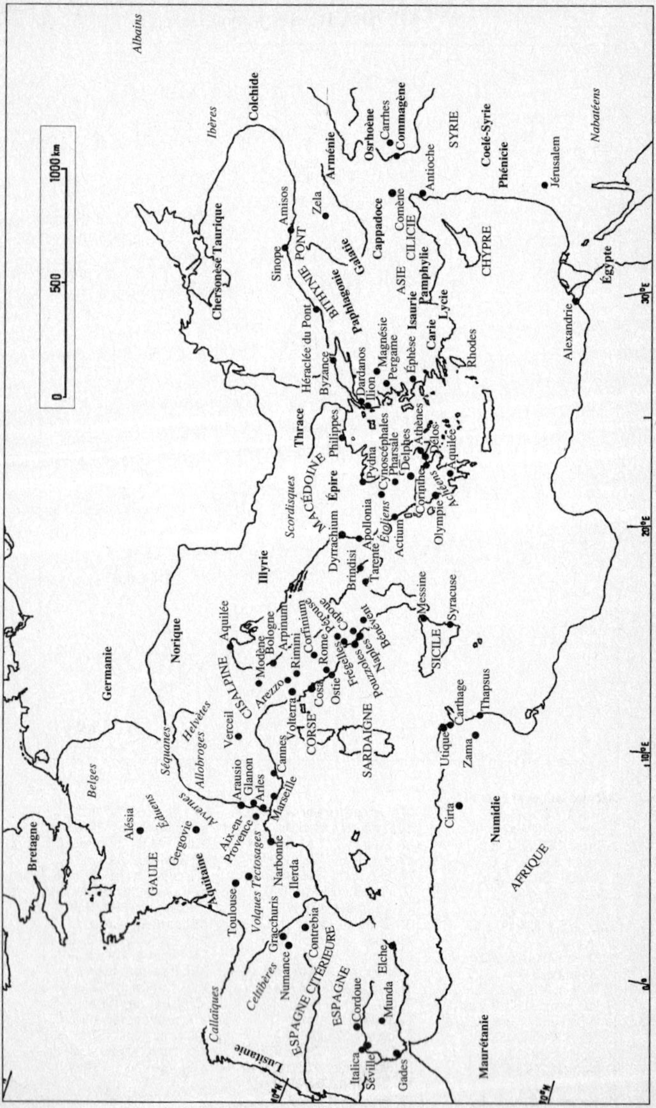

L'Empire à l'époque sévérienne (193-235)

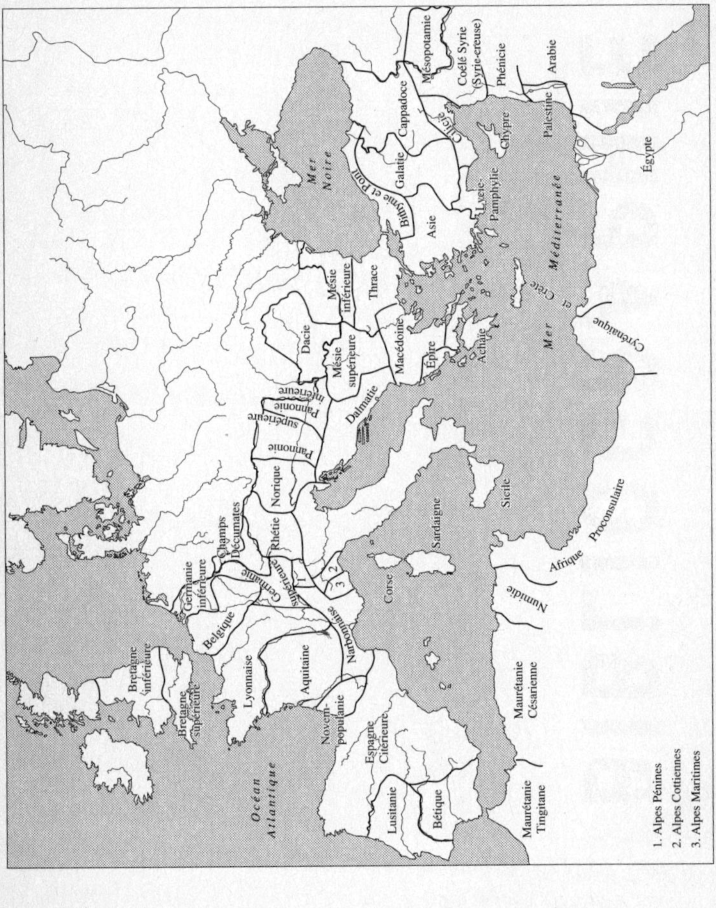

BIBLIOGRAPHIE

Chronologie, chronographie, historiographie de Rome

L'Annalistique romaine. Les annales des pontifes, l'annalistique ancienne, Paris, Les Belles Lettres, 1996, éd. M. Chassignet, préface, p. VII-CVII.

E. J. Bickerman, *La cronologia nel mondo antico*, Florence, La Nuova Italia, 1963.

O. de Cazanove, « Détermination chronographique de la durée de la période royale à Rome. Critique des hypothèses des modernes », *La Rome des premiers siècles. Légende et histoire*, Florence, 1992, p. 69-98.

G. Declercq, A. Domini. *Les Origines de l'ère chrétienne*, Turnhout, Brepols, 2000.

A. Giardina, « The transition to late Antiquity », in W. Scheidel, I. Morris, R. Saller (dir.), *The Cambridge Economic History of the Greco-Roman World*, Cambridge, Cambridge University Press, 2007, p. 743-768.

H. Inglebert, *Les Romains chrétiens face à l'histoire de Rome. Histoire, christianisme et romanités en Occident dans l'Antiquité tardive (IIIe-Ve siècles)*, Paris, Institut d'études augustiniennes, 1996.

Ouvrages d'histoire romaine

J.-M. Carrié, A. Rousselle, *L'Empire romain en mutation. Des Sévères à Constantin. 193-337*, Paris, Seuil, 1999.

M. Christol, *L'Empire romain du IIIe siècle. Histoire politique, de 192, mort de Commode, à 325, concile de Nicée*, Paris, Errance, 1997.

T. Cornell, *The Beginnings of Rome. Italy and Rome from Bronze Age to Punics Wars (c. 1000-264 BC)*, Londres/ New York, Routledge, 1995.

J.-M. David, *La République romaine. De la deuxième guerre punique à la bataille d'Actium, 218-231*, Paris, Seuil, « Points Histoire » 2000.

F. Hinard (dir.), *Histoire romaine*, t. I, *Des origines à Auguste*, Paris, Fayard, 2000. Dans cet ouvrage, on se reportera en particulier aux chapitres rédigés par D. Briquel pour la période des rois et les premiers temps de la République.

J. Leclant (dir.), *Dictionnaire de l'Antiquité*, Paris, PUF, 2005.

A. Momigliano et A. Schiavone (dir.), *Storia di Roma*, Turin, Einaudi, 1988-1993, 8 vol.

C. Nicolet, *Rome et la Conquête du monde méditerranéen. 264-27 av. J.-C.*, t. I, *Les Structures de l'Italie romaine*, 6e éd. ; t. II. *Genèse d'un empire*, 4e éd., Paris, PUF, 1993.

A. Pigagnol, *La Conquête romaine*, Paris, Seuil, 1944.

P. Veyne, *L'Empire gréco-romain*, Paris, Seuil, 2005.

–, *Quand notre monde est devenu chrétien, 312-394*, Paris, Albin Michel, 2007.

The Cambridge Ancient History, t. VII/2-t. XIV, Londres, Cambridge University Press, 1989-2000.

TABLE

RÉALISATION : IGS-CP À L'ISLE-D'ESPAGNAC
IMPRESSION : NORMANDIE ROTO IMPRESSION S.A.S.
DÉPÔT LÉGAL : JANVIER 2009. N° 95347 (084331)
Imprimé en France